Simone Dark
Der König von Tiers

SIMONE DARK

DER KÖNIG VON TIERS

EIN KRIMI AUS SÜDTIROL

DER ZWEITE FALL FÜR MAGNABOSCO UND PASQUALINA

RÆTIA

Mit freundlicher Unterstützung der Abteilung Deutsche Kultur
in der Südtiroler Landesregierung

Deutsche Kultur

Verlag und Autorin danken für die freundliche und zuvorkommende
Unterstützung bei der Recherche:

Cyprianerhof Dolomit Resort, Tiers
Parkhotel Mondschein, Bozen
Tschamin Schwaige, Tiers

© Edition Raetia, Bozen 2023
1. Auflage

Grafisches Konzept und Druckvorstufe: Typoplus, Frangart
Umschlaggrafik: Philipp Putzer, Farbfabrik
Umschlagfotos:
    Vorderseite: Michael Rucker, Adobe Stock
    Rückseite: Manni Kostner
Lektorat: Verena Zankl
Korrektorat: Gertrud Matzneller

ISBN: 978-88-7283-854-9
ISBN E-Book: 978-88-7283-855-6

Unser Gesamtprogramm finden Sie unter www.raetia.com.
Bei Fragen und Anregungen wenden Sie sich bitte an info@raetia.com.

TEIL 1

Dieter Pardeller

Filippo Magnabosco setzte sich an diesem Montagnachmittag mit einem lauten Ächzen auf seinen Bürostuhl. Jeder einzelne Muskel tat ihm weh und er hatte schrecklichen Hunger. Carmela Pasqualina, seine Assistentin und seit einigen Monaten auch Lebensgefährtin, hatte ihn gegen seinen Willen in einem Bozner Fitnessstudio eingeschrieben.

„*Pesi* statt *Pasta*", hatte sie ihm an diesem Morgen liebevoll ins Ohr geflüstert und ihm einen grünen Tee und eine Schüssel ungesüßtes Müsli mit entrahmter Milch vorgesetzt.

„Gewichtheben statt Nudeln essen", wozu sollte das gut sein? Magnabosco hatte sein ungewöhnliches Frühstück, das sonst aus einer Brioche und einem Cappuccino in der Bar bestand, zunächst angestarrt und dann hinuntergewürgt.

Während er sich rasierte, hatte Carmela ihm erklärt, dass man ihn in der Mittagspause in einem Fitnessstudio in der Innenstadt erwarte. Magnabosco war irritiert. „Dein Personal Trainer", hatte Carmela gesagt, ihm ein Küsschen auf den weiß umschäumten Mund gedrückt und das Bad verlassen, bevor er etwas entgegnen konnte.

Erstaunlicherweise war er an diesem Morgen voller Energie zur Arbeit gefahren – mit dem Fahrrad, wohlgemerkt.

Nun, als die Mittagspause vorbei war und Magnabosco endlich seine Vesper verzehren durfte – sie bestand aus einer Stange Sellerie, einer Biokarotte und einem Vollkornbrötchen mit kalorienarmem Frischkäse –, übermannte ihn heftige Müdigkeit wegen der sadistischen Gewichtsübungen im Fitnessstudio. Er legte das Gemüse zurück in die Lunchbox, machte die Augen zu und träumte von einem Wiener Schnitzel mit Pommes frites. Oder Knödel mit Krautsalat, so wie seine Mutter sie immer zubereitet hatte. Dann musste er an die Lasagne seiner Großmutter denken. Dieser Duft ... allein beim Gedanken daran lief ihm das Wasser im Munde zusammen. Gerade als seine Beine sich zu entspannen schienen, wurde mit einem Poltern die Tür zu Magnaboscos Büro aufgerissen. Nothdurfter, sein Vorgesetzter, schrie ihn an und riss ihn aus dem Halbschlaf: „Magnabosco! Was ist mit Ihrem Telefon? Warum antworten Sie nicht?"

Magnabosco fing sich, stand ein wenig zu ruckartig auf und spürte ein heftiges Ziehen im Lendenwirbel, das ihn sofort wieder in den Bürostuhl zwang.

„Entschuldigung, ich habe es nicht gehört", stammelte er und suchte den Tisch nach dem Mobiltelefon ab.

„Kein Wunder, es ist ja auch ausgeschaltet", gab Nothdurfter zurück. „Und das während der Arbeitszeit! Aber das besprechen wir nachher in meinem Büro."

Dann ging er beiseite und ließ einen Herrn eintreten. „Magnabosco, das ist Herr Dieter Pardeller aus Eppan. Er ist der Besitzer einer bekannten Kellerei in St. Pauls. Seine Tochter ist seit vorgestern Abend abgängig."

„Für die Abgängigkeitsanzeigen sind die Kollegen im oberen Stock zuständig."

„Herr Pardeller ist der Meinung, es könne sich um eine Entführung handeln. Schließlich ist seine Tochter die nominierte Weinkönigin."

Nothdurfter bot dem Winzer einen Stuhl an, dieser setzte sich und zog einen weißen Umschlag aus seinem ledernen Herrentäschchen. Magnabosco blieb still und nickte, es brachte ja doch nichts, seinem Vorgesetzten zu widersprechen.

„Einen Moment bitte noch", sagte er zu Pardeller, nachdem er ihm kurz die Hand gedrückt hatte, rief Carmela an und bat sie zu sich. Einige Sekunden später betrat sie schwungvoll sein Büro, drückte Herrn Pardeller freundlich die Hand und zückte einen Stift, um die Aussage des besorgten Vaters zu notieren. Zwischendurch betrachtete sie ihn mitfühlend.

„So, Ihre Tochter ist also verschwunden?", begann Magnabosco das Gespräch.

Pardeller nickte. „Sie war am Samstagabend bei einer Weinverkostung in Kaltern eingeladen und ist nicht zurückgekommen."

„Freunde, Verwandte, bei denen sie vielleicht untergekommen ist?", erkundigte Magnabosco sich.

„Nein, haben wir alle angerufen. Sie ist wie vom Erdboden verschluckt."

„Hat Sie vielleicht einen Freund, von dem Sie nichts wissen?"

Carmela hob ihre linke Augenbraue und schielte zu Magnabosco hinüber.

„Von dem Sie bislang nichts wussten, meinte ich natürlich", verbesserte Magnabosco sich schnell. Er musste dringend richtige Nahrung zu sich nehmen, sonst funktionierte er nicht. Wieder roch er die Lasagne seiner Großmutter.

„Simona, also meine Tochter, ist mit Hartwig verlobt."

„Artewigge ... Nachname? Adresse?", fragte Carmela nach.

Pardeller buchstabierte den vollständigen Namen des Mannes und nannte ihr die Adresse.

„Meine Frau wird fast verrückt vor Sorge, also finden Sie sie bitte. Außerdem wird Simona nächste Woche offiziell zur Weinkönigin gekrönt. Und in drei Wochen ist die Hochzeit mit Hartwig", sagte Pardeller.

„Haben Sie ein Foto von Ihrer Tochter dabei?", fragte Magnabosco.

„Ja, hier, das können Sie behalten", antwortete Pardeller und entnahm seiner Tasche einen weißen Umschlag. Magnabosco öffnete ihn und betrachtete Simonas hübsches, strahlendes Gesicht.

„Erzählen Sie mir von Ihrer Tochter. Umfeld, Probleme, wirklich alles."

Seine Tochter war fünfundzwanzig Jahre alt und studierte im letzten Semester Weinbau, um irgendwann in die Fußstapfen ihres Vaters zu treten. Sie war allseits beliebt, hatte einen großen Bekanntenkreis und war sehr in Hartwig verliebt. Die beiden kannten sich schon einige Jahre und hatten nun beschlossen, zu heiraten und eine Familie zu gründen. Soweit Pardeller wusste, hatte sie keine finanziellen Probleme, schließlich unterstützten er und seine Frau Elisabeth sie ja auch mit monatlichen Zuwendungen für das Studium. Außerdem konnte sie weiterhin zu Hause wohnen. Simona, die von allen nur Simmi genannt wurde, war ein fröhliches Mädchen, kannte sich im Weinbau bestens aus und schien ein rundum glückliches Leben zu führen.

„Was macht sie in ihrer Freizeit?", fragte Carmela und knabberte an ihrem Kugelschreiber.

„Sie klettert oft und geht gern wandern", erklärte Pardeller.

„Mit wem?"

„Mit Hartwig. Meistens sind auch seine zwei Cousins und ein paar Freunde dabei."

„Hat sie eine beste Freundin, eine Vertraute?", ergänzte Magnabosco. In diesem Alter erzählte man die eigenen Probleme nicht mehr seinem Vater.

„Mit einer gewissen Claudia trifft sie sich des Öfteren, zumindest hat sie sie ein paarmal beim Abendessen erwähnt. Die beiden studieren zusammen."

„Ich brauche alle Namen und Adressen", sagte Magnabosco und stand auf. Nun schmerzten nicht nur seine Muskeln, sondern auch sein leerer Magen. Er bat Carmela, gemeinsam mit Pardeller alle Einzelheiten an ihrem Schreibtisch aufzunehmen. Sie nickte, er verabschiedete sich von dem Winzer und schloss die Bürotür hinter ihnen.

Dann stürzte er sich auf sein Vollkornbrötchen, biss hinein und stieß mit den Zähnen auf etwas Hartes. Es knirschte, ein stechender Schmerz durchfuhr Magnaboscos Oberkiefer und er konnte gerade noch die Plombe auffangen, die sich von seinem Zahn gelöst hatte.

Carmela Pasqualina

„So eine schöne Erbste", schwärmte Carmela, während sie den Dienstwagen aus Bozen heraus und über die Weinstraße nach Kaltern lenkte.

„Herbst", brummte Magnabosco und wusste in diesem Moment nicht, was mehr schmerzte: sein kaputter Zahn, sein leerer Magen oder die Muskeln nach dem ersten Besuch im Fitnessstudio.

„Wie war die Sport?", fragte Carmela, trat aufs Gas, um einen deutschen Urlauber zu überholen, und bremste dann scharf hinter einem Rennradfahrer ab. Magnabosco wurde auf dem Beifahrersitz vor- und zurückgeworfen.

„Fahr rechts ran", bat er sie freundlich.

„Warum?"

„Weil mir sonst schlecht wird."

„*Dai*, wir sind gleich da", lachte Carmela.

„Fahr rechts ran. Das ist keine Bitte, sondern eine Dienstanweisung. Ich bin schließlich immer noch der Capo."

Carmela setzte den Blinker, verdrehte die Augen und fuhr die nächste Bushaltestelle an. Sie tauschten die Plätze. Als Magnabosco sanft Gas gab, fühlte er sich schon ein wenig sicherer.

„Auf dem Rückweg gehen wir eine Pizza essen", beschloss er. „Ich brauche Nahrung."

„Va bene, aber mit *impasto al farro*", lenkte Carmela ein.

Die Antwort, ob Magnabosco mit einer Pizza mit Dinkelmehl einverstanden war, blieb aus.

*

Magnabosco parkte den Wagen gegenüber der Kalterer Kellerei, in der am vergangenen Samstagabend die Weinverkostung stattgefunden hatte und zu der auch die designierte Weinkönigin Simona Pardeller geladen worden war. Sie betraten das Foyer, die Luft war angenehm kühl und duftete leicht nach Wein. Carmela atmete tief ein und sah sich um. Eine junge Frau in schwarzer Hose und weißer Bluse erschien.

„Guten Tag, wie kann ich Ihnen helfen? Möchten Sie gerne verkosten?"

Magnabosco lächelte sie an, Carmela drehte sich instinktiv zu ihnen um und zeigte ihren Dienstausweis.

„Kriminalpolizei Bozen, guten Tag. Wir sind hier wegen der *degustazione dei vini* letzte Samstag."

Magnabosco erklärte der jungen Frau, die von Carmelas Auftreten sichtlich eingeschüchtert war, ihr Anliegen.

„An dem Abend war ich nicht hier. Da müssen Sie den Kellermeister fragen."

„Wenn Sie ihn bitte herrufen würden", bat Magnabosco freundlich.

Sie nickte und verschwand hinter einer großen, hölzernen Schiebetür. Wenige Minuten später kam sie wieder, gefolgt von einem Herrn in Arbeitskleidung.

„Buongiorno", sagte Carmela nun mit einem Lächeln auf den Lippen. „Carmela Pasqualina, Kripo Bozen."

Dieses Mal war es Magnabosco, der mit leicht zusammengekniffenen Augen näher herantrat, seinen Dienstausweis zückte und sich als Capo Commissario vorstellte.

„Ja, die war hier. Zusammen mit ihrer Schwester Martha. Wir haben eine Weile miteinander gesprochen, auch weil sie demnächst Weinkönigin wird."

„Simona hat eine Schwester? Hat Pardeller das erwähnt?", fragte Magnabosco leise Carmela und wandte sich dann wieder an den Kellermeister. „Woher wissen Sie jetzt schon, dass sie Weinkönigin wird?"

„Ach", winkte der Kellermeister ab, „Interna. Jedenfalls sind die beiden bis etwa elf Uhr geblieben. Simona war noch einigermaßen nüchtern, ihre Schwester hingegen ziemlich beschwipst. Ich habe sie gebeten zu gehen, weil Martha schon ein wenig ausfällig wurde. Ich habe den beiden ein Taxi gerufen."

„War es eine geschlossene Gesellschaft?", fragte Magnabosco in der Hoffnung, nicht Hunderte von Verdächtigen befragen zu müssen.

„Nein, aber es war eher ein ruhiger Abend. Vielleicht dreißig Leute. Darf ich Ihnen ein Glas anbieten?"

„Ja, aber nur eine kleine Schluck", säuselte Carmela.

„Nein, danke", lehnte Magnabosco entschieden ab. Er hatte aus seiner Erfahrung mit dem Pfarrer, der ihm im letzten Fall seinen Messwein angeboten hatte, gelernt. „Wir sind im Dienst. Ist Ihnen denn sonst noch etwas aufgefallen? Hatte Simona vielleicht Streit mit irgendjemandem? Wie war die Stimmung zwischen den Schwestern?"

„Simona ist bei allen beliebt, ich glaube, die kann überhaupt nicht streiten. Es hat sie höchstens genervt, dass Martha so tief ins Glas geschaut hat und ich sie bitten musste zu gehen. Aber sonst ist nichts Auffälliges vorgefallen."

„Gibt es Kameraaufnahmen?", erkundigte Carmela sich.

„Ja, aber nur vom Parkplatz."

Sie gingen gemeinsam zum Computer hinter dem Tresen.

„Hier, das ist Simmi mit ihrer Schwester", sagte der Kellermeister plötzlich und zeigte auf zwei Personen. Sie stiegen in ein Auto und fuhren davon.

„Können wir eine Kopie der Aufnahmen bekommen?"

„Natürlich", sagte der Kellermeister und kopierte die Datei auf einen USB-Stick, den das Logo der Kellerei zierte.

„Schenke ich Ihnen, Frau Pasquale", sagte er mit einem Lächeln.

„Pasqualina. Wie die Spinat-Torta. *Torta Pasqualina*", antwortete sie, während Magnabosco sie in Richtung Ausgang schob.

Elisabeth Pardeller

Vorsichtig wurde die Haustür neben der Kellerei in der Ortschaft St. Pauls bei Eppan geöffnet. Eine Frau, deren Alter Magnabosco auf Mitte fünfzig schätzte, ließ ihn und Carmela wortlos eintreten. Sie schluchzte auf und nahm ein Taschentuch aus der kleinen Tasche ihres altrosafarbenen Tweedjäckchens. Sie schnäuzte sich leise, kontrollierte dann kurz ihr Aussehen in einem kleinen Wandspiegel, der den Korridor zierte, und bat die beiden Ermittler, im Wohnzimmer Platz zu nehmen.

Magnabosco sah sich um, eine Wand war den Auszeichnungen der Weine gewidmet, die andere wurde von einem überfüllten Bücherregal belegt. An der dritten hingen Familienfotos, die glückliche Eltern mit zwei kleinen Mädchen zeigten. Dann mit zwei Teenagern, dann nur noch mit einer einzigen Tochter als junge Erwachsene: Simona.

„Haben Sie schon etwas herausgefunden?", fragte Elisabeth Pardeller mit tränenerstickter Stimme.

„Nein, bei der Kellerei in Kaltern konnte man uns nur bedingt weiterhelfen. Wir haben noch keine gesicherten Informationen", erklärte Magnabosco. „Hat man sich denn bei Ihnen gemeldet?"

„Nein", schüttelte Frau Pardeller den Kopf und trocknete eine weitere Träne. „Kein Anruf, nichts. Auch kein Brief."

„Ist Ihr Mann denn da?", fragte Carmela.

„Nein, also ja, aber er ist unten im Weinkeller. Soll ich ihn holen?"

„Das ist im Moment nicht nötig", winkte Magnabosco ab. „Wir haben erfahren, dass Simona am Samstagabend in Begleitung ihrer Schwester Martha bei der Weinverkostung war. Ihr Mann hat das gar nicht erwähnt, als er bei uns im Präsidium war."

Die Röte in Elisabeth Pardellers verweintem Gesicht wich einer ungesunden Blässe. Sie setzte sich in ihren Ohrensessel und atmete schwer aus.

„Ist sie also wieder aufgetaucht", zischte sie.

„Was meinen Sie damit, Frau Pardeller?", fragte Carmela, die bei der Antwort ein wenig erschrocken war.

„Martha lebt schon lange nicht mehr bei uns. Wir mussten sie in eine geschützte Anstalt bringen, als sie fünfzehn war, weil sie an einer schizophrenen Störung litt. Ein paar Jahre später haben wir versucht, sie wieder in die Familie aufzunehmen. Eine Weile lang ging das auch gut, doch dann hatte sie einen Rückfall und wurde noch seltsamer und aggressiver. Sie hielt sich selbst für eine Schlernhexe, stellen Sie sich das mal vor."

„Eine Exe?", fragte Carmela verwundert. „Habe ich richtig verstanden?"

„Ja genau, mal für eine Hexe, dann wieder für eine Salige, je nach Stimmung. Daraufhin haben wir dafür gesorgt, dass sie in eine Anstalt kommt, in der man sich um sie kümmerte. Der letzte psychologische Gutachter befand vor zwei Jahren, dass sie sich nun selbst versorgen könne. Sie ist dann auf einen alten Bauernhof bei Seis gezogen, wo sie den Besitzern als Magd hilft. Uns Eltern hat sie seitdem einen einzigen Brief geschrieben, in dem sie uns Rache schwor. Wir haben versucht mit ihr zu sprechen, hatten aber keinen Erfolg."

„Hat Martha Sie oder Simona in irgendeiner Form angegriffen?"

„Nicht körperlich. Aber einmal im Jahr kommt sie nachts bei uns vorbei und verschandelt unseren Garten. Vor allem auf die Rosen hat sie es abgesehen."

Magnabosco runzelte die Stirn. Was für eine seltsame Art der Rache.

„Warum tut sie das?"

„Sie will uns verletzen, uns ihre Abneigung zeigen."

„Wann sucht Martha Sie denn normalerweise heim?"

Plötzlich lachte Elisabeth Pardeller spöttisch auf. „In der Nacht auf den 1. Mai natürlich, sie glaubt schließlich, sie sei eine Hexe. In der Walpurgisnacht."

Martha Pardeller

„Vielleicht gehen wir besser zu Fuß dorthin", sagte Carmela, nachdem sie mit dem Auto eine halbe Stunde lang das Dörfchen Seis am Schlern nach dem Gutshof abgesucht hatten, den Elisabeth Pardeller ihnen beschrieben hatte.

Magnabosco öffnete die Tür und stieg aus. Seine Beine waren bleischwer und schmerzten bei jeder Bewegung.

Langsam gingen sie über den asphaltierten Weg, der zum Bauernhof führte, auf dem Martha lebte und arbeitete. Sie blickten kurz auf das angrenzende Grundstück: Der Nachbar hatte begonnen, sein Schilfdach zu restaurieren, schien aber mit den Arbeiten kaum voranzukommen. Die provisorische grüne Regenabdeckung hing in Fetzen vom Dach.

Vor dem Gutshof sah es nicht besser aus. Es herrschte Chaos, überall lag Holz herum, Baumaschinen standen im Weg. Hinter dem Hof führte ein kleiner Wanderweg am Stadel vorbei in Richtung der Kirche, die sich strahlend weiß in die herbstliche Landschaft schmiegte. Vorsichtig gingen sie über die erdigen Steine, sie waren rutschig, die Mauer auf der linken Seite war mit dunkelgrünem Moos bewachsen. Carmela fröstelte ein wenig, der schattige Weg war empfindlich kühl. Hinter ihr huschte eine rote Katze vorbei, Carmela zuckte vor Schreck zusammen.

Hinter dem Hof blieben sie auf der Wiese stehen und blickten zu der kleinen, weißen Kirche hinauf, die direkt unter dem majestätischen Schlern zu stehen schien. Wie ein kleines Mahnmal war sie auf der Anhöhe platziert worden, strahlte wie ein unschuldiges Brautkleid, davor ein paar Kastanienbäume mit rötlichem Laub. Auf halber Höhe der vorgelagerten Santnerspitze hatte es sich eine kleine, weiße Wolke gemütlich gemacht.

„Was für eine perfekte Panorama", schwärmte Carmela und ging auf Magnabosco zu, sah sich kurz um, ob sie auch nicht beobachtet wurden, und küsste ihn.

„Carmela, wir sind im Dienst", rügte er sie liebevoll und bat sie, vorzugehen. Carmela murmelte sarkastisch: „Ja, *commandante*", und ging über die Wiese zum Gutshof hinunter. Wieder huschte die rote Katze an ihnen vorbei, dieses Mal erschrak Carmela nicht, sondern streichelte sie kurz.

Eine junge Frau trat aus der Tür. Sie trug dreckige Jeans und ein kariertes Hemd, die dunklen Haare hatte sie hockgesteckt. Ein paar Strähnen fielen ihr ins Gesicht. Ihre hellblauen Augen stachen so sehr hervor, dass Magnabosco ihrem Blick nur schwerlich standhielt.

„Grüß Gott", sagte sie mit einem freundlichen Lächeln und stemmte die Hände in die Hüften. „Wie kann ich helfen?"

„Wir suchen Frau Martha Pardeller", erklärte Magnabosco.

„Steht vor Ihnen", grinste die junge Frau und zeigte eine Reihe schneeweißer Zähne. Erst jetzt bemerkte Magnabosco das kleine, dunkle Muttermal an ihrem Mundwinkel.

„Buongiorno", brachte sich nun auch Carmela ins Gespräch ein, während die rote Katze weiterhin um ihre Beine schlich und sich an ihnen rieb. „Wir müssen mit Ihnen sprechen. Ihre Schwester ist abhängig."

„Abgängig", verbesserte Magnabosco sie. „Sie wird seit Samstagnacht vermisst. Sie waren ja gemeinsam bei der Weinverkostung in Kaltern, soweit wir wissen."

„Ja, das stimmt. Ich habe sie überzeugt, nach der Verkostung bei mir zu schlafen und am Sonntag noch mit mir wandern zu gehen. Wir sehen uns ja nicht oft, und am Sonntag hatten mir die Herrschaften freigegeben. Da bot es sich an, den Tag zu nutzen."

„Wo waren Sie beide am Sonntag wandern?"

„Im Rosengarten."

„Wann genau haben sich Ihre Wege getrennt? Und wo?", hakte Magnabosco nach. Er musste das kleine Muttermal fixieren, um nicht von Marthas blauen Augen hypnotisiert zu werden.

„Wir sind gegen sechzehn Uhr zum Parkplatz bei Tiers zurückgekehrt und haben noch eine Kleinigkeit gegessen. Wir waren beide mit dem Auto gekommen, damit danach jede direkt nach Hause fahren konnte. Ich bin gegen sechs hierher zurück und Simmi ist nach Eppan gefahren."

„Und seitdem haben Sie nichts mehr von Ihrer Schwester gehört?"

Martha schüttelte den Kopf. Plötzlich ertönte ein lautes Pfeifen aus den Innenräumen des Gutshofes.

„Oh", sagte sie und drehte sich abrupt um. „Das Wasser kocht. Kommen Sie doch rein, ich wollte gerade Tee kochen."

Carmela schüttelte die Katze ab und folgte Magnabosco und Martha in die Küche. Martha goss einen Kräutertee auf und servierte ein paar Kekse.

„Sind die Hofbesitzer gar nicht hier?", fragte Carmela.

„Nein, sie sind ins Dorf gefahren. Werden erst gegen Abend wiederkommen."

Magnabosco nippte vorsichtig an seinem Tee und verzog das Gesicht, als sein kaputter Zahn mit dem heißen Getränk in Berührung kam.

„Was haben Sie?", fragte Martha besorgt und ging einen Schritt auf ihn zu. Magnabosco nahm eine Geruchsmischung aus Myrrhe und Kuhmist wahr.

„Zahnweh", quetschte er zwischen den Zähnen hervor.

Martha ging zum Küchenschrank und öffnete eine kleine Dose. „Kauen", sagte sie und überreichte Magnabosco eine getrocknete Nelke. „Das hilft."

Mit bitterer Miene zermalmte Magnabosco die Nelke zwischen den Zähnen und wunderte sich, wo der Schmerz geblieben war. Marthas Lächeln vertrieb das letzte Ziehen seiner beleidigten Zahnwurzel.

„Wo könnte Simona sein?", fragte Carmela nun und sah sich in der Küche um.

„Ich weiß es nicht. Vielleicht bei Hartwig?"

Magnabosco wich Marthas Blick aus und suchte nach den Resten der Nelke in seinen Zahnzwischenräumen.

„Der Kellermeister hat Ihnen ein Taxi bestellt. Aber Sie sind dann mit Ihren eigenen Autos gefahren. Warum?"

„Wissen Sie, was ein Taxi von Kaltern nach Seis kostet?", fragte Martha lachend. „Das kann ich mir nicht leisten."

„Halten Sie es für wahrscheinlich, dass Simona entführt wurde?", fragte Magnabosco nun und starrte wieder auf Marthas Muttermal.

„Nein, das glaube ich nicht ..." Bevor sie ihren Satz beenden konnte, vibrierte ihr Telefon. „Bitte entschuldigen Sie", sagte sie hektisch und trat aus der Küche hinaus in den Hausflur.

Carmela und Magnabosco sahen ihr nach und hörten, wie sie schnell die schmale Treppe in den oberen Teil des Gutshofes hinaufstieg. Magnabosco folgte ihr leise, bekam aber nur noch das Ende des Telefonats mit.

„Ich liebe dich auch", flüsterte Martha ins Telefon und schaute zu Magnabosco, der noch immer lauschend im Flur stand.

Langsam kam Martha die Treppe herunter, sie hatte ihren Knoten gelöst, ihr dunkles Haar fiel in dicken Locken über die Schultern. Sie blieb vor Magnabosco stehen und fixierte sein Gesicht mit ihrem stechend blauen Blick.

„Ich weiß ja nicht, was meine Eltern über mich erzählt haben, aber ich habe mit Simmis Verschwinden nichts zu tun."

„Wer war das eben am Telefon?"

„Das geht Sie nichts an, Herr Kommissar."

„Wir werden es sowieso herausfinden", antwortete er mit gespielter Ruhe. Dann wandte er sich ab und ging in die Küche.

Carmela hatte die Zeit genutzt und Fotos von den Notizen an der Pinnwand gemacht, bis ein klagendes Miauen ertönte. Martha rief ihr zu, sie solle die Tür öffnen, die Katze wolle herein. Magnabosco drückte die Türklinke herunter, die Katze ging schnurstracks auf Carmela zu und legte ihr eine tote Maus auf den Schuh. Carmela schrie auf vor Ekel und kickte das tote Tier weg.

Das Fauchen der Katze war Anlass genug, den Gutshof fürs Erste wieder zu verlassen. Martha verabschiedete sich von ihnen beiden und zwinkerte Magnabosco kess aus der Ferne zu, als sie zu ihrem Auto gingen.

Ulrich Angerer

Carmela lenkte den Dienstwagen vorsichtig über die kurvigen Straßen, die zur Hauptstraße des Dörfchens Seis führten.

„*Dentista*?", fragte sie Magnabosco, der gedankenverloren aus dem Seitenfenster starrte. Er erschrak fast ein wenig, sah zu ihr hinüber und drückte kurz ihren rechten Oberschenkel.

„Wir sind im Dienst, Capo", antwortete Carmela lächelnd und wiederholte ihre Frage, ob er zum Zahnarzt wolle.

Magnabosco nahm sein Telefon hervor und vereinbarte noch für denselben Abend einen Termin.

„Wir müssen nach Tiers", beschloss er. „Vielleicht kann man uns in dem Restaurant weiterhelfen, in dem Simona und Martha gegessen haben."

„Eine komische Mädchen, diese Martha", murmelte Carmela. „Hast du gemerkt, wie sie gezückt hat, wenn du ihre Name gesagt hast?"

„Gezuckt?", fragte Magnabosco. „Sie hat doch gelächelt, als ich sie angesprochen habe."

„Typisch Mann", sagte Carmela und betätigte die Autohupe, um einen Traktor an den Randstreifen zu scheuchen. „Ihr seht nur die Lächeln von die Frauen.

Nein, sie hat einen Moment lang ganz erschrocken geschaut. Ich glaube, sie mag nicht, wenn man ihre Namen sagt."

„Warum?", fragte Magnabosco und suchte mit der Zunge nach der Lücke in seinem Zahn. War Carmela etwa eifersüchtig? Sie beide waren vielleicht ein gutes Ermittlerteam, aber die Liebe mit dem Job zu vereinen, war wohl keine gute Idee gewesen.

„War nur eine *impressione*, ein Eindruck. Egal. Außerdem ist sie krank, wie ihre Mutter gesagt hat. Krank in die Kopf. Glaubt, sie ist eine Exe, pah!"

Eine halbe Stunde später parkte Carmela den Wagen vor einer großen Hotelanlage, die sich hinter dem Dörfchen Tiers befand. Sie stiegen aus und gingen langsam darauf zu. Auf der Terrasse hatten einige Wanderer und andere Gäste Platz genommen, um die Herbstsonne zu genießen. Der Ausblick auf den Rosengarten war überwältigend. Hinter saftigen, grünen Hügeln begann der Wald. Von hier schien er nur ein Streifen zu sein, der sogleich in eine samtgrüne Landschaft überging, die von schmalen, grauen Adern aus Schotter durchzogen wurde. Der grüne Vorhof des Bergmassivs endete abrupt. Ohne Übergang schossen sechs hellgraue Dolomitenzacken in den Himmel und vereinten sich zu ihrer Rechten mit dem etwas dunkleren, mächtigen Felsgebilde des Rosengartens. In dessen Mitte erkannte man eindeutig die Laurinswand, die meistens von einem kleinen Flecken Schnee geziert wurde, der nur in den heißen Sommermonaten schmolz.

„Guten Tag und herzlich willkommen", sagte der junge Mann an der Rezeption, „wie kann ich Ihnen helfen?"

Magnabosco sah zu ihm hinunter und blickte in das gepflegte, bärtige Gesicht eines klein gewachsenen Italieners.

„Prego? Una notte, due?", fragte er freundlich.

„Kriminalpolizei Bozen. Wir sind wegen zwei Damen hier, die gestern Nachmittag gegen sechzehn Uhr hier eingekehrt sind. Wissen Sie, wer hier Dienst hatte?"

„Wir sind zurzeit zu zwölf hier. Aber ich glaube, gestern hat Alberto auf der Terrasse bedient."

In diesem Moment sprang die Fahrstuhltür neben der Rezeption auf. Ein elegant gekleideter Mann trat heraus und ging auf die beiden Ermittler zu.

„Ist alles in Ordnung, Malverio? Kann ich helfen?"

Magnabosco stellte sich und Carmela vor.

„Hoch erfreut, meine Herrschaften", antwortete er und deutete bei Carmela einen Handkuss an. Diese zog irritiert ihre Hand zurück. „Mein Name ist Ulrich Angerer, ich bin der Geschäftsführer. Was führt Sie hierher? Darf ich Sie vielleicht auf ein Gläschen Prosecco einladen?"

„Nein, danke", lehnte Magnabosco ab. „Wir sind auf der Suche nach einer jungen Frau, Simona Pardeller. Sie ist gestern Nachmittag mit ihrer Schwester Martha hier eingekehrt und seitdem verschwunden. Können Sie sich an sie erinnern?"

Magnabosco zeigte Angerer das Foto von Simona. Mit einer Mischung aus Entzückung und tiefster Sorge betrachtete er das Bild. Als er von dem Foto aufblickte, waren seine Augen dunkler, sein Blick tiefer.

„Das ist ein Mägdlein zart und mild, fürwahr eine Blume in menschlicher Gestalt. Sagt, was ist mit ihr geschehen? Hat man sie geraubt?"

Magnabosco runzelte die Stirn und nahm das Bild wieder an sich. Er sah zu dem kleinen Mann an der Rezeption, der sich überhaupt nicht über die Ausdrucksweise seines Vorgesetzten zu wundern schien.

„Das versuchen wir herauszufinden. Haben Sie sie gesehen oder vielleicht sogar mit ihr gesprochen?"

Angerer schüttelte den Kopf. „Hätte ich sie erblickt, hätte ich sie nicht mehr gehen lassen. So ein holdes Weib trifft man nicht alle Tage. Sie war in Begleitung, sagten Sie?"

„Ihre Schwester Martha war bei ihr, ja. Ein bisschen älter, dunkelhaarig, auch sehr hübsch."

Carmela, die neben Magnabosco stand, verdrehte die Augen. Angerer zwinkerte ihr zu, legte dann nachdenklich die Hand an sein Kinn und schielte noch einmal auf das Foto in Magnaboscos Hand.

„Nein, tut mir leid, da kann ich Ihnen nicht weiterhelfen. Aber ich bringe Sie gerne zu Alberto, kommen Sie. Vielleicht erinnert er sich, schließlich hat er gestern um diese Uhrzeit unsere werten Gäste bedient." Dann drehte er sich um, ging voraus und rief mit erhobenem Zeigefinger: „Wehe dem, der der Lieblichen ein Haar gekrümmt!"

*

Alberto, der seinem Kollegen Malverio zum Verwechseln ähnlich sah, schaute auf das Foto und nickte nur kurz.

„Ja, ich habe ihr einen Kaiserschmarrn serviert. Sie hat ihn sich mit ihrer Schwester geteilt."

„Ist Ihnen an den beiden etwas aufgefallen?", fragte Carmela.

„Nein, eigentlich nicht. Als sie sich setzten, sahen beide müde, aber zufrieden aus. Sie haben mit Genuss gegessen und dann gleich gezahlt."

„Sonst ist nichts passiert?"

„Nein, hier im Restaurant nicht. Aber als sie hinaus sind, hat es sich so angehört, als würden sie streiten, sogar ziemlich heftig."

„Aha, und worum ging es bei dem Streit?", fragte Magnabosco.

Alberto hob die Hände und schüttelte den Kopf.

„Dann danken wir Ihnen inzwischen, Alberto. Wo ist denn der Herr Angerer hin?"

Alberto sah sich um, konnte seinen Vorgesetzten aber nirgendwo entdecken.

„Sicher in seinem Büro, soll ich ihn rufen lassen?", bat der Kellner ihnen an.

„Nein, das ist im Moment nicht nötig. Danke und auf Wiedersehen."

Andreas Schmalzl

Magnabosco schwieg und konzentrierte sich auf den Verkehr auf der Tierser Straße, die ihn und Carmela zurück nach Bozen und in die Zahnarztpraxis führte. Der goldene Herbst füllte Südtirol mit unternehmungslustigen Menschen, die nicht oft über Bergstraßen fuhren. Auch Magnabosco war eher an breite Staatsstraßen und mautpflichtige Autobahnen gewöhnt.

Auf einem der wenigen geraden Abschnitte fiel sein Blick erst auf Carmela, die mit ihrem Handy beschäftigt war, und dann auf einen cremefarbenen Jeep. Jemand hatte ihn so am Straßenrand geparkt, dass er den zähflüssigen Verkehr noch zusätzlich behinderte.

„Der sollte abgeschleppt werden", brummte Magnabosco und versuchte, ihn so vorsichtig wie möglich zu umfahren.

„*Aspetta*, Filippo", rief Carmela plötzlich so laut, dass Magnabosco zusammenzuckte und nicht mehr auf das vordere Fahrzeug achtete. Ein dumpfes Geräusch folgte, dann wurden beide nach vorne geworfen. Magnabosco bremste, doch es war bereits zu spät. Er war auf den vorderen Wagen aufgefahren.

Magnabosco fluchte, Carmela entschuldigte sich tausendfach und stammelte, dass der stehende Jeep das

Auto von Simona Pardeller sein musste. Ihr Vater hatte ihn als hellen Jeep mit roten Außenspiegeln beschrieben. Sie stiegen aus, der Mann aus dem Wagen vor ihnen ebenso. Ein hochgewachsener, grauhaariger Herr mit randloser Brille kam auf sie zu. Aus der offen stehenden Autotür ertönte Musik von Britney Spears.

„Sie sind doch …", begann er zornig.

„Und Sie sind …", antwortete Magnabosco.

„Können Sie nicht aufpassen?", fragte der Mann entrüstet. „Das wird Sie teuer zu stehen kommen, ich habe diesen Wagen erst vor drei Wochen gekauft."

„Schmalzl, richtig? *Eisacktaler Fresse?*", fragte Magnabosco und ließ sich seinen eigenen Witz auf der Zunge zergehen. Er hatte bereits erkannt, dass der Neuwagen des Journalisten keinerlei Schaden genommen hatte.

„*Eisacktaler Presse,* wenn ich bitten darf. Sie hören dann von meiner Versicherung."

Carmela, die sich bisher zurückgehalten hatte, stellte sich neben Magnabosco.

„Filippo", begann sie leise, „bitte komm schnell zu die Auto."

Magnabosco reichte Schmalzl seine Visitenkarte und verabschiedete sich mit einem Nicken. Er wandte sich von Schmalzl ab und folgte Carmela zu dem verlassenen Jeep.

„Da, schau auf die Lenkerad", bat ihn Carmela.

Magnabosco sah durchs Fahrerfenster in den Wagen, dann zog er ein Taschentuch aus seiner Jackentasche und öffnete damit die Fahrertür. Sie war nicht abgeschlossen. Am Lenkrad hing eine rote Rose, die mit einem durchsichtigen Faden befestigt war. Er fotografierte sie schnell mit seinem Handy.

„Ist sonst noch etwas im Wagen? Gestohlen wurde ja anscheinend nichts. Sogar der Schlüssel steckt noch."

Carmela schüttelte den Kopf. „Vielleicht im Kofferraum", mutmaßte sie.

Magnabosco öffnete ihn, fand aber nur ein paar alte Turnschuhe und einen Erste-Hilfe-Kasten.

„Was ist denn mit dem Auto?", fragte plötzlich eine Stimme hinter ihnen. Schmalzl war ihnen gefolgt und notierte sich bereits die Kennzeichennummer des Fahrzeugs.

„Gehen Sie weg von die Wagen. Wenn es gibt eine Pressekonferenz, Sie werden das früh genug erfahren!", fuhr Carmela ihn an.

Schmalzl machte einen großen Schritt zurück, hob beschwichtigend die Hände und lief mit einem zufriedenen Lächeln zu seinem Auto zurück.

Hartwig Ploner

Magnabosco nahm den Aufzug, um in seine Wohnung in der Bozner Pfarrhofstraße zu gelangen. Er begutachtete sein Spiegelbild, das gelbliche Licht flackerte leicht. Nicht schon wieder, dachte er und hoffte, dass der Fahrstuhl nicht erneut stecken bleiben würde. Zuletzt war ihm das passiert, als Clara ihn endgültig verlassen hatte. Danach hatte der Lift ihn nie wieder im Stich gelassen.

Der Schlussstrich unter ihrer Beziehung hatte Magnabosco gutgetan, auch wenn es zunächst geschmerzt hatte. Er hatte sich eingeredet, Clara zu vermissen, sie noch immer zu lieben und sie zurückhaben zu wollen. Von langweiliger Gewohnheit konnte ja keine Rede sein, schließlich hatten sie sich nur dann und wann gesehen und meistens gestritten. Gut, dass Carmela sich gleich darauf einen Platz in seinem Leben gesichert hatte. Als Magnabosco in die Kriminalabteilung der Bozner Polizei berufen worden war, kannte er seine Assistentin aus Süditalien kaum. Die Zusammenarbeit mit ihr war nicht immer einfach, mit ihrem Temperament war er zunächst nicht zurechtgekommen. Nach und nach hatte er sich allerdings an sie gewöhnt und erkannt, dass die junge Frau herzensgut, loyal und zuverlässig war – so ganz anders als Clara, die ihn jahrelang an der Nase herumgeführt hatte.

Carmela hatte den ersten Schritt gewagt und ihn eines Nachts, als sie gerade kurz vor der Lösung ihres ersten gemeinsamen Falls standen, geküsst. Magnabosco erinnerte sich noch daran, wie sich bei diesem Kuss die dumpfen Nebel, die sich in seinem Kopf und Herzen festgesetzt hatten, plötzlich lichteten. Carmela hatte ihm die notwendige Energie geschenkt, morgens um vier Uhr auf einer verlassenen Burgruine zwei Täterinnen zu überführen und einer jungen Frau, die sie in ihre Gewalt gebracht hatten, das Leben zu retten.

Nun war sie seine Freundin oder, wie sie es nach süditalienischer Art nannte, seine *fidanzata*, also seine Verlobte, auch wenn Magnabosco keinerlei Heiratsabsichten hegte. Carmela war gerade einmal Anfang dreißig, quirlig und ausgesprochen hübsch, sicher würde sie es sich nach der ersten Verliebtheit noch einmal anders überlegen.

Magnabosco sperrte die Tür zu seiner Wohnung auf, stellte die Einkäufe ab und setzte sich endlich auf sein Sofa. Heute Abend würde er alleine bleiben, Carmela hatte andere Dinge zu tun.

Er schlüpfte aus seinen Schuhen, kickte sie unter den kleinen Beistelltisch und schloss die Augen. Nur fünf Minuten, dann würde er seinen vom Diätplan vorgesehenen Rucolasalat mit Tomaten und Balsamicoessig verzehren. Und sich vielleicht ein paar Krümel Parmesan dazu gönnen. Bei diesem Gedanken knurrte sein Magen laut, doch sein Schnarchen übertönte es bereits.

*

Als Magnabosco vom Klingeln seines Mobiltelefons erwachte, war es sieben Uhr morgens.

„Filippo", sagte Carmela schwer atmend am anderen Ende der Leitung, „die Eltern von Simona haben angerufen. Sie haben etwas von dem Verführer bekommen."

„Moment, Carmela. Wo bist du überhaupt, warum schnaufst du so?"

„Jogging, Filippo, jede Morgen", rief sie ins Telefon. „Solltest du auch tun."

„Ach ja, richtig. Und nein, das werde ich nicht tun. Also was ist passiert?"

Carmela berichtete ihm von dem Telefonat mit Simonas Eltern. Sie hatten im Präsidium angerufen, weil sie an diesem Morgen eine Bleistiftzeichnung in ihrem Briefkasten vorgefunden hatten.

„Was für eine Bleistiftzeichnung?"

„Mit Zwerge oder so. Ein schönes Bild, haben sie gesagt."

Magnabosco verstand nicht. Während er seinen Mokka in eine kleine Espressotasse goss und sich gerade noch verkneifen konnte, ihn mit zwei Löffeln Zucker zu süßen, bestellte er Carmela auf direktem Wege in seine Wohnung.

„Wir fahren dann zu den Eltern nach Eppan", beschloss er. „Bring bitte etwas zum Frühstück mit, das keine gefährlichen Körner beinhaltet."

„Kriegst du weiche Porridge mit Fruchte heute", beschloss Carmela und beendete das Telefonat, bevor Magnabosco sein geliebtes Croissant mit Marmelade bestellen konnte.

*

Elisabeth Pardeller ließ sie eintreten und in der Wohnstube Platz nehmen. Wortlos überreichte sie Magnabosco eine Bleistiftzeichnung, die eine mittelalterlich gekleidete, junge Frau in wallendem Gewand, einen großen Ritter mit einem weißen Pferd und einen kleinen König darstellte, der ebenfalls einen Schimmel an den Zügeln führte. Im Hintergrund sah man zwei weitere Reiter auf ihren Pferden. Die junge Frau in ihrem Kleid sah auf den zwergenhaften König hinab. Ihr Blick war wohlwollend.

„Das ist *Re Laurino*", sagte Carmela und deutete auf den kleineren der beiden Männer, ohne das Bild mit den Fingern zu berühren. „Ich kenne diese Zeichnung. Habe ich schon gesehen. Ich weiß nur nicht mehr wo", murmelte sie nachdenklich.

„Hotel Laurin", sagte Elisabeth Pardeller. „In der Bar hängen die Zeichnungen aus der Laurinsage."

Magnabosco stand auf und ging in der Stube auf und ab.

„Holen Sie bitte Ihren Mann, Frau Pardeller."

„Er ist heute Morgen, nachdem wir diesen Brief erhalten hatten, mit einer Kopie davon zu Hartwig gefahren. Er war völlig durcheinander. Ich habe ihm gesagt, dass wir die Polizei benachrichtigen und auf Sie beide warten müssen, aber er ließ sich nicht davon abbringen."

„Was haben die beiden vor?", fragte Magnabosco und schnappte sich seine Jacke.

„Vielleicht wollen sie Simona suchen, ich weiß es nicht. Ich habe versucht Dieter anzurufen, aber er geht nicht ans Telefon."

*

Simonas Verlobter Hartwig Ploner wohnte nur einige Kilometer vom Dörfchen St. Pauls entfernt in einem Reihenhäuschen in der Fraktion St. Michael. Magnabosco klingelte, Ploner öffnete die Tür und bat sie in seine Wohnung.

Magnabosco sah sich um, es herrschte Chaos. Überall lagen Klamotten herum, der Küchentisch zeugte von einer durchzechten Nacht. Süßlicher Duft schwebte im Raum. Hartwig öffnete die Balkontür und ließ frische Luft herein. Die dunklen Ringe unter seinen Augen sprachen Bände.

„Dieter, also Simonas Vater, war gerade hier", sagte Ploner und setzte Kaffee auf. Schlaftrunken fuhr er sich durch die braunen Locken, die wirr von seinem Kopf abstanden.

„Was genau wollte er? Und wo ist er jetzt?", fragte Magnabosco.

„Keine Ahnung", entgegnete Ploner und gähnte. „Er hat mir ein Foto von einem Bild gezeigt, wirres Zeug geredet und ist dann wieder gefahren. Ich war noch im Halbschlaf, hab also nicht groß reagiert."

„Wirres Zeug? Ich denke, er hat sicher sehr große Angst um seine Tochter. Haben Sie denn einen Verdacht, wo Simona sein könnte?"

„Nope", gab der junge Mann zurück und schenkte den Inhalt der gesamten Kanne in eine Kaffeetasse. „Keinen Plan. Aber die kreuzt schon wieder auf."

Magnabosco runzelte die Stirn.

„Sonderlich besorgt scheinen Sie ja nicht zu sein. Wo waren Sie denn eigentlich am vergangenen Samstagabend?"

„Hier, mit ein paar Kollegen ein Bier zischen. Könnte auch sein, dass es ein paar mehr waren."

„Dann geben Sie uns bitte die Namen, Adressen und Telefonnummern Ihrer Freunde. Und seitdem haben Sie von Simona nichts mehr gehört? Immerhin wollten Sie beide ja bald heiraten, da hat man doch viel zu besprechen", fragte Magnabosco. Die entspannte Haltung des jungen Mannes verwunderte ihn sehr.

„Ja, sicher, aber das ist alles schon geplant. Der Dieter hat sich nicht lumpen lassen und einen Weddingplanner engagiert, wir müssen uns eigentlich um nichts mehr kümmern."

„Sie wissen schon, dass der Verdacht einer Entführung besteht, Herr Ploner?"

Er nickte. „Ja, ihre Alten haben es mir gesagt. Bis gestern habe ich das ja auch geglaubt, aber inzwischen habe ich eher das Gefühl, dass Simmi kalte Füße gekriegt hat und vielleicht ein bisschen Distanz zu allem braucht. Ihre Eltern sind schon eher stressig unterwegs. Dann ist da auch noch die Sache mit der Weinkönigin.

Ich hätte an ihrer Stelle das Gleiche gemacht und wäre ein paar Tage untergetaucht. Abstand nehmen, durchatmen, weiter geht's."

„Hatten Sie in letzter Zeit Kontakt zu Simonas Schwester?", fragte Carmela.

„Nein, nicht wirklich", sagte Ploner und griff nach der Cornflakespackung, die auf der Anrichte stand. „Wieso?"

„Martha ist nach derzeitigem Ermittlungsstand die Letzte, die Simona gesehen hat, und zwar am Sonntag. Leider kann sie uns keine Hinweise auf Simonas Verbleib geben. Es hätte ja sein können, dass sie Ihnen etwas gesagt hat."

„Nein", sagte Ploner erneut, goss Milch in eine Schüssel, nahm sich einen Löffel und begann, die Cornflakes geräuschvoll in sich hineinzuschaufeln. „Wir haben keinen Kontakt. Martha kommt mit ihren Eltern nicht klar und ich will mich nicht einmischen."

Ploner warf einen Blick auf sein Handy. Plötzlich änderte sich seine Stimmung und er wurde nervös.

„Also falls Sie jetzt keine Fragen mehr haben, würde ich gerne fertig frühstücken und dann gehen", stammelte er.

Magnabosco warf Carmela einen Blick zu. Sie verabschiedeten sich von Hartwig Ploner und gingen zurück zum Parkplatz.

Gerade als Carmela den Wagen starten wollte, hielt Magnabosco sie davon ab. „Warte noch", meinte er. „Ich habe das Gefühl, dass er gleich Besuch bekommt."

Tatsächlich fuhr wenige Minuten später ein Kleinwagen vor und parkte vor Ploners Haustür.

„Martha", flüsterte Carmela.

„Bleib im Wagen", befahl Magnabosco, wartete ab, bis die junge Frau in Ploners Wohnung verschwunden war und stieg aus, um vorsichtig um das Haus zu schleichen.

Er erreichte ungesehen das Küchenfenster und wagte einen Blick in die Wohnung. Wie er geahnt hatte, saß Martha bereits auf Hartwigs Schoß und küsste ihn stürmisch.

Magnabosco hatte fürs Erste genug gesehen und beschloss, Ploner zu einem späteren Zeitpunkt mit seiner Affäre zu konfrontieren. Er nahm sein Handy hervor und wollte gerade ein Foto von den beiden machen, als aus dem oberen Stock eine schrille Stimme ertönte.

„Sie Spanner! Runter von dem Grundstück, sonst rufe ich die Polizei", schrie eine Frau im Bademantel und hob einen blauen Eimer hoch.

Noch ehe Magnabosco ihr erklären konnte, dass die Polizei bereits da war, wurde er von einem Schwall kalten, schmutzigen Putzwassers übergossen.

Nass bis auf die Haut rannte er zurück zum Auto, wo Carmela ihn erschrocken erwartete. Als er sich triefend und fluchend in den Wagen setzte, lachte sie laut auf. Hartwig Ploner und Martha schienen von dem Gebrüll und dem Angriff auf Magnabosco nichts mitbekommen zu haben.

„Lach nicht, fahr lieber", brummte Magnabosco. „Sonst ruft die Schreckschraube noch unsere Kollegen von der Gemeindepolizei."

Martha Pardeller

„*Laboratorio* hat angerufen", sagte Carmela und trat zu Magnaboscos Schreibtisch. Bevor sie weitersprach, sah sie kritisch auf seinen kauenden Mund.

„Was isst du, Filippo?", fragte sie streng.

„Nichts", sagte er und schluckte hart. Hatte sie ihn doch tatsächlich dabei erwischt, wie er heimlich einen Schokoriegel aß. Magnabosco konnte nicht anders, er brauchte den Zucker einfach. Der Hunger brachte ihn um und raubte ihm seine Konzentration.

„Filippo, wie willst du abnehmen? Wo ist die Apfel?", zischte sie.

„Schon gegessen", murrte Magnabosco. „Carmela, ich habe Hunger. Das ist Folter! Was hat das Labor gesagt?"

„Also, nur Fingerabgedrucke von einem Kind."

„Von einem Kind?", fragte Magnabosco. Er verstand nicht.

„Ja, sind ganz kleine Abgedrucke. Sonst nur die von Elisabeth Pardeller, weil sie den Brief aufgemacht hat."

Dann streckte sie ihm den Laborbericht entgegen und hielt die andere Hand fordernd hin.

„Was?", fragte Magnabosco.

„*La barretta.* Oder hast du schon alles gegessen?"

Widerwillig rückte Magnabosco die übrige Schokolade heraus.

Carmela nahm sie an sich und verzehrte den restlichen Riegel, ohne mit der Wimper zu zucken. „So, jetzt ist Schokolade in Sicherheit."

*

Die Scheibenwischer machten ein schleifendes Geräusch auf der Windschutzscheibe, als sich der Regenschauer über der Seiser Alm langsam in Richtung Osten verzog. Carmela sah gedankenverloren aus dem Seitenfenster.

„Woran denkst du?", fragte Magnabosco sie sanft.

„Die arme Eltern von die zwei Mädchen. Die eine spinnt *completamente* und macht die Rosen von die Mamma kaputt, die andere ist brav und wird verführt …"

„Entführt."

„… eh. Und der dumme Freund von die brave Mädchen küsst die Exe. Was ist das fur eine *famiglia*?"

„Eine schwierige Familie, da hast du recht. Aber wir finden Simona."

„Und wenn sie tot ist?", fragte Carmela und sah ihn mit großen Augen an. „Vielleicht ist es *troppo tardi.*"

„Nein, es ist nicht zu spät. Den Hartwig müssen wir gut im Auge behalten. Der ist nicht sauber."

„Ja, richtig, Filippo, Artewigge hat gestunken. Bah!"

„Das ist eine Redensart. Wir sind da. Jetzt schauen wir mal, was unsere Schlernhexe dazu sagt."

„Ja, aber dieses Mal rede ich mit die Exe. Ich will nicht, dass sie dich in eine Frosch verzaubert, den ich dann wieder muss zuruckkusse", beschloss Carmela, und sie stapften in Richtung des Haupthauses.

Carmela klopfte, eine Frau trat auf den Balkon und begrüßte sie mit einem kehligen: „Grüß Gott. Wer sein Sie?"

Magnabosco stellte sich und Carmela vor und bat, mit Martha sprechen zu dürfen.

„Wer isch die Martha? I kenn koane Martha", rief sie vom Balkon herunter.

„Die junge Frau, die bei Ihnen arbeitet. Martha Pardeller."

„Maria hoaßt sie. Maria Lungger."

„Da muss eine Verwechslung vorliegen", sagte Magnabosco und zeigte der Frau, die inzwischen zu ihnen heruntergekommen war, ein Foto.

„Ja, des isch die Maria. Sie hot heint ihren freien Tog und isch beim Freind. Fescht verliebt isch se", erklärte die Frau mit einem Augenzwinkern.

„Ja, das ist Martha Pardeller."

„Das gibt's doch nicht. Aber warum …?"

„Wann kommt sie wieder?"

„Eher af die Nocht, konn spat wern."

Magnabosco sah auf die Uhr, es war früher Nachmittag. Dann gab er der Hofbesitzerin sein Visitenkärtchen und bat sie, sich zu melden, sobald Martha zurückkäme.

„Isch guat. Worum geats denn?", fragte sie nun.

„Es geht um ihre Schwester Simona. Sie ist verführt worden", sagte Carmela.

„Ma sell isch wohl ebbes Feines", erwiderte die Frau und bekam rote Wangen. „I bin schon long nimmer verführt worden."

„Entführt", stellte Magnabosco richtig. „Und ich fürchte, das ist überhaupt nichts Feines."

Magnabosco und Carmela verließen schweigend den Hof. Der Regen hatte aufgehört, sie blieben kurz stehen und betrachteten gemeinsam die grünen Wiesen, auf denen Amseln nach leichtsinnigen Regenwürmern pickten. Über ihnen ragte der von Wolken umzogene Schlern in die Höhe. Sein Hochplateau war gänzlich nebelverhangen.

„Warum hat sie der Hofbesitzerin ihren echten Namen verschwiegen?", fragte Magnabosco leise und legte seine Hand auf Carmelas Schulter. Sie neigte ihren Kopf und schmiegte sich an ihn.

„Du fragst noch? Sie ist eine Exe, Filippo."

*

„Weinkönigin entführt!", las Nothdurfter laut vor, als er am kommenden Morgen wutentbrannt in Magnaboscos Büro stürmte und ihm die neueste Ausgabe der Eisacktaler Presse auf den Tisch knallte.

Magnabosco nahm das Blatt auf und las Schmalzls Artikel.

„Die fünfundzwanzigjährige Simona Pardeller, nominierte Weinkönigin aus St. Pauls/Eppan, Tochter des bekannten

Weingutbesitzers und Spitzensommeliers Dieter Pardeller, ist seit mehreren Tagen spurlos verschwunden. Ihre Eltern sind außer sich vor Sorge und möchten die Bevölkerung um Hilfe bitten. *Der Schmerz zerreißt mir das Herz,* so Simonas Mutter. *Wenn mein Kind nicht mehr lebt, so will ich auch nicht weiterleben,* verrät sie uns in einem emotionalen Interview.

Die einzige Spur, die der Entführer bislang hinterlassen hat, sind eine rote Rose am Lenkrad des Wagens der Entführten und eine Bleistiftzeichnung, die beide auf die Laurinsage hindeuten. Lösegeld wurde laut den Eltern keines verlangt. Was also will der Entführer von der armen, jungen Frau? Müssen wir von einem Menschen ausgehen, der die zukünftige Frau eines Mannes entführt, weil er sie sonst nicht haben kann? Denn nicht nur die Krönung als Weinkönigin steht bevor, sondern auch eine Hochzeit. In weniger als drei Wochen will Simona mit ihrem Verlobten Hartwig Ploner vor den Traualtar schreiten. Wird die Polizei es schaffen, die Braut rechtzeitig zu befreien und sie heil in den Schoß der Familie zurückzubringen?

Wir bleiben dran – Ihr Andreas Schmalzl von der Eisacktaler Presse."

„Nun, zu welchen Erkenntnissen sind Sie in diesem Fall bis jetzt gelangt, Magnabosco?", fragte Nothdurfter.

„Nach Simona wird gesucht, mein Vorgesetztester", antwortete Magnabosco und biss sich sofort auf die Zunge. Es war nicht der richtige Zeitpunkt, sarkastisch zu werden.

„Die Eltern rufen mich dreimal täglich an. Die Ärmsten stehen kurz vor dem Nervenzusammenbruch. Irgendwelche Anhaltspunkte?"

„Einen Verlobten, dem das Verschwinden seiner Braut gerade recht zu kommen scheint, weil er mit der Schwester schläft. Die Schwester, die sich selbst für eine Hexe hält und angeblich mit der Vermissten einen Streit hatte, als sie sich zum letzten Mal gesehen haben. Einen Hotelbesitzer, dem bei ihrem Anblick die Augen übergegangen sind, und …"

Magnabosco kam nicht weiter, sein Telefon klingelte. Er nahm ab und lauschte der verzweifelten Stimme der Gutsbesitzerin aus Seis.

„Die Maria …"

„Was ist denn mit ihr?", versuchte Magnabosco die Frau am anderen Ende der Leitung zu beruhigen.

„Sie isch weg. Fortgelaufen."

„So beruhigen Sie sich doch bitte. Was ist denn passiert? Seit wann ist sie weg?"

„Wir haben gestern Abend gewartet, bis sie von ihrem Freund zurückkommt", begann sie zu erzählen. „Wir haben sie gefragt, warum sie uns einen falschen Namen gesagt hat. Daraufhin isch sie bleich geworden, wie a Katz am Bauch, hat keinen Ton mehr herausgebracht und isch die Stiegen hinauf in ihr Zimmer gerannt. Sie hat sich eingesperrt und drin laut geweint. Dann isch sie mit einer Tasche wieder herausgekommen und hat uns beiseitegestoßen und gerufen, dass es ihr leidtut und dass sie fortmuss. Sie isch in ihr Auto gestiegen und weggefahren. Wir haben gedacht, sie würde sich schon wieder beruhigen, und haben seit heute Vormittag versucht, sie zu erreichen. Aber das Handy isch aus. Von den Nachbarsleuten hat sie auch niemand gesehen."

Die Hofbesitzerin brach nun in Tränen aus.

„Wir wollten ihr ja nichts Böses, wir wollten nur verstehen, warum sie uns nicht ihren richtigen Namen gesagt hat. Ich meine, das kann ja auch schiefgehen. Sie isch ja schließlich bei uns angestellt und wir müssen sie melden und ihr ein Geld bezahlen. Wissen Sie, was passiert, wenn der Staat draufkommt, dass sie unter falschem Namen bei uns lebt?"

Magnabosco nickte, das war ja nun längst passiert. Nothdurfter sah ihn an, seine Gesichtsfarbe hatte sich wieder normalisiert.

„Ist die Exe wegge?", fragte ihn Carmela prüfend, als er das Telefonat beendet hatte.

Magnabosco erstattete ihr und Nothdurfter Bericht.

*

„Ist unsere Schuld, Filippo", flüsterte Carmela, als sie wieder zu zweit im Büro waren.

„Was redest du denn da? Was können wir denn dafür, dass das Mädchen beim Hören ihres eigenen Namens eine Identitätskrise kriegt?"

„Wir hätten ihren Namen nicht sagen sollen. *Forse si vergogna* ... wie sagt man? Tut sich geschamen?"

„Schämen, meinst du?"

Carmela zuckte mit den Schultern. „*Zia* Isolde hat mir einmal von die Exen von die Schlern erzählt. Aber das sind alte Geschichte. Martha ist moderne Exe."

„Jedenfalls haben wir es hier nicht mit einer Entführung zu tun. Sie ist freiwillig weggefahren. Aus welchem Grund auch immer", seufzte Magnabosco und setzte sich. Sein Magen grummelte und zog sich in einem Hungerkrampf zusammen.

„Was essen wir zu Abend?", fragte er mit leidender Miene. „Sellerie und Blumenkohl?"

„Nein, du brauchst Kohlenhydrate", beschloss Carmela.

Magnabosco strahlte, das klang nach einem Teller Pasta. Wie sehr er Carmela doch liebte.

„*Esatto*, es gibt Vollkornreis mit Tomate und Basilico. Und eine kleine Mozzarella."

Magnabosco sagte nichts weiter und stellte einen Moment lang seine innige Liebe infrage.

Hartwig Ploner

„Setzen Sie sich, Ploner", fuhr Magnabosco den jungen Mann an, nachdem man ihn in den Verhörraum gebracht hatte.

„Was wollen Sie von mir?", fragte dieser und zog geräuschvoll die Nase hoch.

„Wo ist Simona?", fragte nun Carmela harsch.

„Was weiß ich denn? Ist Ihnen vielleicht mal in den Sinn gekommen, dass sie einfach abgehauen sein könnte? Ah nein, Sie brauchen ja dringend einen Schuldigen."

„Ja, könnte durchaus sein", sagte Magnabosco. „Aber wer weiß, vielleicht wollten Sie sie ja loswerden!"

„Warum sollte ich? Wir heiraten in ein paar Wochen", entgegnete Ploner.

„Nun, vielleicht weil sie lieber mit ihre Schwester schlafen?", ließ Carmela die Bombe platzen. „Die übrigens auch vermisst wird."

Ploners Gesicht wurde so weiß wie die Wand, vor der er saß. Magnabosco konnte den überdurchschnittlichen Herzrhythmus durch sein T-Shirt erkennen.

„Aha, das interessiert Sie schon eher, nicht wahr, Ploner?", sagte Magnabosco und bat Carmela mit einem Blick, ihn das Verhör allein weiterführen zu lassen. Sie nickte und nahm ein wenig Abstand von dem jungen Mann.

„Wo ist Simona? Wo haben Sie sie hingebracht?"

Ploner schüttelte verzweifelt den Kopf. „Ich habe keine Ahnung, wo sie ist. Ja, ich schlafe mit ihrer Schwester. Was soll ich machen? Sie hat mich verführt. Und ich wollte es Simmi auch noch vor der Hochzeit gestehen. Aber es war einfach nie der richtige Zeitpunkt dafür da. Ich habe keine Ahnung, wo sie steckt. Was ist mit Martha? Gibt es eine Spur von ihr?"

„Die Fragen stellen wir", stellte Magnabosco klar, „und nein, sie ist von dem Hof abgehauen, als man sie dort auf ihren richtigen Namen angesprochen hat. Wo waren Sie noch einmal am vergangenen Samstagabend?"

„Habe ich doch schon gesagt, ich hatte Besuch von ein paar Freunden."

„Simona ist tags darauf verschwunden. Wo waren Sie am Sonntag?"

„Ich habe den ganzen Tag zu Hause verbracht. Den Rausch ausgeschlafen."

„Kann das jemand bezeugen?"

Ploner sah an sich herunter und dachte nach. „Eher nicht."

„Sie können gehen, Ploner. Vorerst. Und wehe, ich erreiche Sie nicht, weil sie gerade Lust auf eine Wanderung haben."

Ploner nickte. Dann verließ er mit hängendem Kopf den Verhörraum.

*

Magnabosco saß vor seinem Teller Vollkornreis und stocherte darin herum. Carmela schaufelte ihn genüsslich in sich hinein.

„Carmela … Schatz … ich packe das nicht", jammerte er. Seine Waden brannten, als hätte er einen Zwanzigkilometerlauf hinter sich. Dabei waren sie gerade einmal ein paar Kilometer am Flussufer der Talfer entlanggelaufen.

„*Dai,* Capo, heute warst du echt in *forma.* Das kommt schon noch."

„Ich will ein Bier."

Carmela schüttelte den Kopf. „Magst du noch Karottensaft? Ist genug in die Kühlschrank für die nächste sieben Wochen."

Magnabosco sprach seinen Gedanken nicht aus und würzte den Reis mit mehr Salz und Pfeffer.

„*Non troppo sale*", schimpfte Carmela. „Ist nicht gut für deine Erz!"

„*Du* bist nicht gut für mein Herz!", erboste Magnabosco sich nun. „Du bist ja schlimmer als die Marschall mit ihren Folterinstrumenten!"

Carmela sah ihn an, ihre Augen verengten sich. Autsch, wieso musste er nur wieder mit ihrem ersten Fall anfangen? Ohne ein weiteres Wort aß sie ihren Teller leer, nahm die Tasche und verließ Magnaboscos Wohnung.

„Carmela, ich habe es nicht so gemeint", rief er ihr nach und versuchte aufzustehen. Er schaffte es nicht, ihr hinterherzurennen, beim ersten Schritt gaben seine Knie nach.

Wie furchtbar recht sie doch hatte, dachte er und zog sich auf das Sofa zurück. Es gelang ihm gerade noch, ihr ein großes, rotes Herz auf das Mobiltelefon zu senden, bevor er von tiefem Schlaf übermannt wurde.

TEIL 2

Elisabeth Pardeller

Elisabeth Pardellers tief sitzende Angst, die sie seit siebenundzwanzig Jahren in sich trug und mit der sie sich über all diese Jahre an Dieters Seite arrangiert hatte, war zurückgekommen. Sie hatte wahrlich nicht damit gerechnet nach so langer Zeit, im Traum wäre ihr nicht eingefallen, dass sie es mit dieser alten Furcht noch einmal zu tun haben würde. Doch nun starrte sie sie durch ihre eigenen Augen aus dem Spiegelbild im Flur an. Eine rote Rose in Simonas verlassenem SUV. Die Bleistiftzeichnungen mit den Figuren aus der Laurinsage. Similde, die Ritter, der Zwergenkönig und seine kleinen Diener. Eine Entführung kurz vor der Hochzeit. Immer mehr ungute Erinnerungen wurden wach.

Es war schon so lange her, bald drei Jahrzehnte. Damals war sie noch jung und unerfahren gewesen und hatte doch viel zu früh geheiratet. Heute wartete man, man prüfte sich, bevor man sich ewig band und dann doch wieder verließ. Elisabeth hatte ihrem ebenso jungen Dieter gerade das Jawort gegeben, eigentlich war sie recht glücklich darüber gewesen, und sogleich mit ihm in die Flitterwochen gefahren. Viel Geld hatten sie nicht, und so gönnten sie sich eine

Sommerfrische am Fuße des Rosengartens. Und dort, gleich am zweiten Tag ihres Hochzeitsurlaubs, verfiel sie ihm: Ulrich Angerer, einem Charmeur, einem Lebemann, einem *galantuomo*, wie es die Italiener nannten. Dieter bekam nichts davon mit, so geschickt und unsichtbar hofierte Angerer sie tagelang, bis die junge Elisabeth schließlich nachgab und sich nachts aus dem Hotelzimmer schlich, um bei dem anderen zu liegen. Elisabeth schämte sich zutiefst für ihre Untreue und versuchte, es bei diesem einmaligen Ausrutscher zu belassen, doch sie konnte dem jungen Hotelier einfach nicht widerstehen. Immer und immer wieder trafen sie sich, jahrelang, liebten sich und gingen schmerzerfüllt wieder auseinander.

Das Klingeln an der Haustür ließ Elisabeth Pardeller heftig zusammenzucken. Sie blickte durch den Türspion hinaus und erkannte den Kommissar und seine Assistentin. Dieser Albtraum schien kein Ende zu nehmen. Sie riss die Tür auf und ließ die beiden Beamten eintreten.

„Haben Sie Simona gefunden?", fragte sie hektisch und suchte nach einem Taschentuch, um sich die Tränen abzutupfen, die wieder einmal ohne Vorwarnung über ihre Wangen liefen.

„Nein, Frau Pardeller, tut mir leid. Und leider kommen wir mit weiteren schlechten Neuigkeiten", sagte der Kommissar und schob sich ungeschickt an ihr vorbei. „Können wir uns einen Moment setzen?"

Elisabeth Pardeller wurde kalt, als man ihr von Marthas Verschwinden berichtete. Doch nicht, weil sie um deren Wohlergehen fürchtete. Sicher heckte das Mädchen wieder etwas aus.

„Wo könnte sie sich aufhalten?", fragte Magnabosco.

Elisabeth Pardeller schüttelte den Kopf. „Ich weiß es nicht. Ich kann Ihnen wirklich nicht sagen, wo sie sich dieses Mal versteckt."

„Das passiert also nicht zum ersten Mal?", erkundigte sich Magnabosco.

„Das hat sie als Kind ständig getan, sie ist einfach abgehauen und kam nach mehreren Tagen völlig verdreckt wieder nach Hause. Hungrig war sie nie. Wir haben ein paarmal versucht herauszufinden, wo sie sich versteckt und wie sie dort überlebt, aber aus ihr war nichts herauszuholen. Weder auf die gute noch auf die harte Art. Auch die Psychologen konnten nichts ausrichten."

„Aber Sie sagen, sie sei immer gesund nach Hause gekommen?"

„Nun, gesund, ja … Es muss auf jeden Fall ein wettergeschützter Ort gewesen sein. Dreckig war sie, das schon, aber durchnässt nie. Wer hat sie denn als vermisst gemeldet?"

„Die Frau von die Hof in Seis", erklärte Carmela der Frau. „Ubrigens, *signora* Padella, haben Sie Schereien?"

Elisabeth Pardeller sah die junge Polizistin an. Wusste dieses junge Ding etwas über ihre Untreue? Und was fiel ihr ein, sie mit „*signora padella*" anzusprechen, sie war doch keine Pfanne! „Was meinen Sie mit Schereien?"

„*Le forbici,* wie sagt man?", fragte Carmela und sah Magnabosco verunsichert an, der ihre Frage ebenso wenig verstand.

„Ach so", machte Elisabeth Pardeller, „Sie brauchen eine Schere. Natürlich habe ich eine. Wofür brauchen Sie sie denn?"

„Ich möchte eine Rose aus ihre *giardino* mitnehmen. Wir müssen mit DNA von Rose in Simonas Auto vergleichen."

Elisabeth Pardeller wunderte sich über diese seltsame Bitte. Soweit sie wusste, wurden bei Verbrechen doch eher Fingerabdrücke genommen. Dennoch erhob sie sich, ging in die Küche und reichte Carmela eine grobe Schere. Carmela verschwand durch die Haustür. Nun war Frau Pardeller mit Magnabosco alleine.

„Es kann doch nicht sein, dass Sie so wenig über Ihre Tochter wissen. Sie müssen doch ihre Gewohnheiten kennen."

„Martha ist unberechenbar, sie hat keine Gewohnheiten. Sie hat Riten, das schon, wie zum Beispiel die Zerstörung meiner Rosen in der Walpurgisnacht. Aber sonst weiß ich nichts über sie. Sie hat sich mir gegenüber nie geöffnet!"

„Ich muss Ihnen auch mitteilen, dass Ihre Tochter Martha ein Verhältnis mit Hartwig hat. Das macht es nicht einfacher. Und Hartwig sorgt sich mehr um Martha als um seine eigentliche Verlobte."

Elisabeth Pardeller wurde blass. Sie schluckte hart und hielt sich den Magen.

„Ist das Ihr Ernst, Herr Kommissar?"

Magnabosco nickte. „Leider ja. Was aber nicht heißen muss, dass Hartwig für ihr Verschwinden verantwortlich ist. Vielleicht wurde Simona überhaupt nicht entführt, sondern hat davon erfahren und daraufhin das Weite gesucht. Es ist wohl zum Streit zwischen den beiden Mädchen gekommen, als sie sich am Sonntagnachmittag in Tiers voneinander verabschiedet haben."

„Ich wusste immer, dass dieser Nichtsnutz meinem Mädchen nicht guttut", zischte sie.

„Na, na, na", machte Magnabosco, „das werden die drei schon untereinander klären. Inzwischen ist es wichtig, dass wir Ihre beiden Töchter wiederfinden. Wenn Sie uns in irgendeiner Weise weiterhelfen können, tun Sie das bitte."

„Natürlich. Vielleicht …", begann sie, doch dann brach sie den Satz ab.

„Was denn? Ist Ihnen etwas eingefallen?", fragte Magnabosco.

„Sprechen Sie mit Claudia. Die beiden sind sehr gut befreundet. Claudia Lomberda. Sie wohnt in Bozen."

Er nickte und bedankte sich bei Elisabeth Pardeller, die sich wieder weinend zurückzog.

Magnabosco verließ die Wohnung mit einem unguten Gefühl. Wenn sie die Mädchen nicht bald fanden, würde dieser Fall wohl in einer Familientragödie enden. Die Wand aus Schweigen, gegen die er bei den Pardellers prallte, musste dringend fallen.

*

„Und? Hast du Rosen gepflückt?", fragte er Carmela, die gerade in der Erde unter dem Rosenstock wühlte.

„Ja, Capo. Und das hier gefunden. Könnte tatsächlich von die Exe sein", sagte sie und reichte Magnabosco eine Handvoll rostiger Nägel.

„Was haben die Nägel mit Martha zu tun?", fragte er und ließ sie in ein transparentes Säckchen gleiten.

„Weißt du nicht, Capo? Nagel machen Rosen kaputt. Also sagt man so, ist eine *leggenda*."

„Gut, dass du dich mit Märchen so gut auskennst. Weißt du zufällig auch, wo Martha steckt?"

„Nein, aber wir zwei gehen jetzt in Bucheria", entgegnete Carmela, klopfte sich die Erde von den Knien und gab Magnabosco einen Kuss.

„Was willst du denn in einer Buchhandlung? Carmela, wir haben einen Fall zu lösen."

„Capo, ich muss Märchen von *Re Laurino* lesen. Und von die Exen *dello Sciliar*, von die Schlern. Ist nur so eine Gefuhl, aber ich glaube, wir sind mittendrin in diesen Geschichten. Eine verführte Mädchen, eine Exe, die Zeichnungen von *Re Laurino*. Vielleicht glaubt da jemand, er sei der König …"

„Carmela, ich bitte dich. Das ist ein Entführungsfall, demnächst wird sicher jemand eine hohe Geldsumme verlangen und Simona dann hoffentlich laufen lassen. Und das ganze Drumherum mit den Zeichnungen – nun, da will uns jemand einfach nur zum Narren halten."

Claudia Lomberda

Magnabosco gab sich ungeduldig dem Verkehr hin, der, wie immer, in der Landeshauptstadt herrschte. Egal ob gerade Schulferien waren, ob die Stadt von Touristen besucht wurde, ob die Sonne schien, ob es schneite, in Bozens Innenstadt herrschte Stau.

Er brachte Carmela zur Quästur, küsste sie und versprach ihr, an diesem Abend wieder mit ihr an der Talfer laufen zu gehen. Carmela dankte es ihm mit einem sanften Blick aus ihren rehbraunen Augen und einem zuckersüßen Lächeln und versprach ihrerseits, dass sie ihn mit einem Teller Pasta all'Amatriciana verwöhnen würde. Dass sie Nudeln aus Buchweizenteig benutzen würde, behielt sie klugerweise für sich.

Magnabosco ließ den Wagen im Innenhof des Präsidiums stehen, einen besseren Parkplatz nahe der Innenstadt würde er sicher nicht ergattern. Er wollte Simonas Freundin Claudia Lomberda einen Besuch abstatten, vielleicht konnte sie ihm ja ein paar brauchbare Hinweise geben. Bis zu der Adresse in der Bozner Altstadt war es nicht weit, die junge Frau wohnte in der Weintraubengasse, also gerade einmal zehn Minuten zu Fuß entfernt.

Magnabosco sah auf die Uhr, es war Mittag geworden, sein Magen knurrte. Sollte er sich ein Tramezzino genehmigen, jetzt wo er alleine war? Carmela würde es nicht mitbekommen. Nein, rügte er sich und fühlte sich wie ein Betrüger, schließlich hatte sie ihm für den Abend Pasta versprochen.

Stolz, weil er stark geblieben war, ging er raschen Schrittes am Dom vorbei. Eine dicke Bettlerin streckte ihm die Hand entgegen und bat um Almosen. Er lächelte verkniffen und ging weiter, ohne ihr ein paar Münzen zuzustecken. Die Frau blieb kurz stehen, jammerte etwas Unverständliches und versuchte es beim nächsten Passanten.

Magnabosco überquerte die Straße und blieb vor dem Denkmal Walthers von der Vogelweide stehen. Wie lange war er nicht mehr hier gewesen, dachte er. Touristen standen auf dem Platz herum, einige saßen in den Straßencafés, andere betrachteten die Auslagen in den Geschäften. An einer Ecke hatte sich eine Gruppe junger Männer versammelt, die mit ihren Fahrrädern Essen auslieferten. Sie unterhielten sich gedämpft in einer Sprache, die Magnabosco nicht verstand. Dann plötzlich stoben sie wie auf Kommando auseinander, jeder in eine andere Richtung.

Mit einem Mal wurde es dunkel. Magnabosco sah nach oben. Vor einer Viertelstunde hatte noch die Sonne geschienen, nun waren pechschwarze Wolken aufgezogen. Magnabosco beeilte sich, die Adresse von Simonas Freundin zu finden. Sie befand sich in einem der schmalen Häuser, die die rechte Seite der Weintraubengasse zierten.

*

Magnabosco klingelte und wartete. Er hatte Glück und meldete sich mit Namen und Dienstgrad. Er wurde hineingelassen. Kaum war die Haustür hinter ihm ins Schloss gefallen, blitzte und donnerte es heftig.

„Zweiter Stock!", rief es von oben herab. Magnabosco sah sich um, fand keinen Aufzug und ging die beiden Stockwerke zu Fuß. Zu seinem eigenen Erstaunen kam er dabei nicht einmal in Atemnot.

Eine junge Frau, die all seinen Erwartungen widersprach, öffnete die Tür. Claudia Lomberda war etwa einen Meter neunzig groß, wog schätzungsweise einhundert Kilo und trug kurzes, in die Höhe gestyltes Haar, was ihr noch einige Zentimeter an Körpergröße dazuschenkte. Magnabosco sah zu ihr auf und fühlte sich winzig. Es donnerte wieder, doch statt das gekippte Fenster zu schließen, öffnete die junge Frau es und blickte zufrieden nach draußen.

„Geschieht ihnen recht, den winselnden Katzen und kohlenden Hunden", murmelte sie und bot Magnabosco einen Stuhl in der Wohnküche an. Er verstand ihre Äußerungen nicht.

„Wie meinen Sie das?", fragte er und runzelte die Stirn.

„Ach, nichts, ist nur so ein Spruch, den meine Großmutter immer gesagt hat, wenn es wetterte. Ich mag Gewitter, wissen Sie."

Magnabosco nickte. „Sie haben vom Verschwinden Ihrer Freundin in den Zeitungen erfahren, nehme ich an."

„Ja, habe ich."

„Nun, haben Sie eine Idee, wo sie sich aufhalten könnte? Es ist nicht sicher, ob es sich hier um eine Entführung handelt oder ob Simona Pardeller vielleicht sogar aus eigenen Stücken abgehauen ist. Ihre Eltern sind sehr besorgt."

„Wissen Sie, Herr Kommissar, Simona ist sehr verliebt."

„In Hartwig, meinen Sie?"

Es blitzte, der Regen wurde stärker. Claudia Lomberda stand auf und ging wieder zum Fenster. Sie lehnte sich dagegen und ließ den Regen gegen ihren Rücken prasseln.

„Wollen Sie das Fenster nicht lieber schließen? So holen Sie sich doch nur einen Schnupfen …", schlug Magnabosco vor und sehnte sich danach, die Wohnung dieser riesigen, jungen Frau möglichst bald wieder zu verlassen.

Claudia Lomberda lachte kurz auf, dann wurde sie traurig. „Am Anfang war sie in Hartwig verliebt, ja, aber eigentlich liebt sie einen anderen, von dem sie einfach nicht wegkommt."

„Wen denn?" Magnabosco wurde ungeduldig. Nun begann es auch noch zu hageln. Was war das nur für ein verrücktes Wetter? Andererseits würde er so vielleicht um das abendliche Joggen herumkommen.

„Also, Herr Kommissar, um es kurz zu machen: Simmi hatte über einige Jahre eine Liebschaft mit einem älteren Typen aus St. Zyprian. Nur ich weiß davon. Oben am Rosengarten, Sie wissen schon. Ein reicher Mann, wohl ziemlich charmant und eine Bombe im Bett. Aber eben viel zu alt für Simmi. Dann hat sie Hartwig kennengelernt und versucht, sich von dem Alten zu trennen, was ihr aber nicht gelungen ist. Es hat ihr echt das Herz gebrochen, ihn nicht mehr zu sehen. Sie war dann zwar mit Hartwig zusammen, hat sich aber heimlich weiterhin mit dem Alten getroffen."

„Wie heißt der Mann? Hat Simona seinen Namen einmal erwähnt?"

Claudia Lomberda schüttelte den Kopf. „Nein, das wollte sie mir nicht verraten. Es war für sie schon schwer genug, überhaupt darüber zu sprechen."

„Wie haben Simona und Hartwig sich denn kennengelernt?"

„Das weiß ich nicht."

„Kennen Sie Martha?"

„Nur flüchtig. Eine komische Tussi, hübsch, aber echt psycho."

„Könnte Simona zu ihrer Affäre nach Zyprian gegangen sein?"

Claudia Lomberda zuckte mit den Schultern. „Zutrauen würde ich es ihr. Ich glaube, von Hartwig hat sie die Schnauze voll."

„Aber der Hochzeit mit ihm hat sie zugestimmt. Wie passt das zusammen?"

„Das hat sie doch nur ihren Eltern zuliebe gemacht. Ihr Vater ist ziemlich gut mit dem Vater von Hartwig befreundet."

„Könnte der Mann aus Zyprian sie auch entführt haben?", fragte Magnabosco.

„Warum sollte er? Sie ist doch immer aus freien Stücken zu ihm gegangen. Wenn sie tatsächlich entführt wurde, dann von Hartwig, weil er sie loswerden wollte. Er war ja in letzter Zeit ziemlich scharf auf Simmis Schwester. In ihrer Familie ist es eher kompliziert, wissen Sie."

„Also zwei junge Menschen, die sich eigentlich überhaupt nicht wollen, aber heiraten sollen, um den Familien einen Gefallen zu tun. Und statt sich ordentlich zu trennen ..." Hier stoppte Magnabosco und gab der jungen Frau die Hand. Ihr Händedruck beeindruckte ihn. „Danke, Frau Lomberda. Sie haben mir sehr geholfen."

Claudia Lomberda machte ein nachdenkliches Gesicht, schloss das Fenster und begleitete Magnabosco zur Tür.

„Die Liebe hat viele Gesichter, Herr Kommissar", sagte sie. „Ich hoffe, Sie finden Simmi bald."

Daraufhin verließ Magnabosco das Haus. Als er wieder auf der Straße stand, war das Unwetter vorbei und die Sonne strahlte vom azurblauen Himmel. Er sah sich um, die Pflastersteine waren trocken, kein Passant war mit Regenschirm unterwegs. Es schien, als hätte es dieses Gewitter nie gegeben.

Er wählte Carmelas Nummer. Sie antwortete nach mehrmaligem Klingeln.

„Capo?"

„Nenn mich nicht immer Capo."

„Ist gut, Capo. Was hast du herausgefunden?"

„Ich muss noch mal nach Zyprian. Vermutlich hat Simmi sich bei dem Hotelier versteckt. Und wenn dies nicht der Fall ist, müssen wir Hartwig noch einmal in die Mangel nehmen."

„Va bene, Filippo. Weißt du, wer ist Lomberda?", fragte sie nun.

Magnabosco verstand die Frage nicht.

„Musst du heute Abend lesen, ich bringe dir das Buch mit."

„Welches Buch?", fragte Magnabosco gereizt. Sie hatten keine einzige Spur von den beiden verschwundenen Frauen und Carmela vergeudete wichtige Zeit mit dem Lesen irgendwelcher Schriften.

„Lomberda ist Wetterhexe. Wenn du wieder zu ihr gehst, nimm besser deinen *ombrello* mit."

Andreas Schmalzl

Schmalzl parkte seinen Wagen vor der Kellerei St. Pauls, stieg aus, ging ein paar Schritte und ließ die Ruhe des kleinen Dorfs an der Weinstraße auf sich wirken. Ein Traktor, beladen mit frischen Chardonnaytrauben, tuckerte plötzlich lautstark an ihm vorbei, er erschrak kurz. Der Traktor bog in den Innenhof der Kellerei ein, er folgte ihm langsam.

„Guten Tag", rief ein groß gewachsener Mann und kam direkt auf ihn zu. „Kann ich Ihnen helfen?"

„Guten Tag, mein Name ist Schmalzl. Ja, ich möchte ein wenig von Ihrem wundervollen Tropfen verkosten."

„Das tut mir leid", sagte der Mann und trocknete sich die Hände an seinem Schurz ab, „ich komme nicht von der Arbeit weg und die Pardellers haben den Gastbetrieb momentan eingestellt."

„Aha, wieso das denn? Es ist doch gerade die Hochsaison der Weine", fragte Schmalzl.

„Naja, wissen Sie, solange Simmi nicht da ist, möchten die Herrschaften sich ein wenig zurückziehen. Kann man ja auch verstehen."

„Simmi? Was ist denn mit ihr?", hakte Schmalzl nach. Er war gespannt, wie viel der Kellermeister noch ausplaudern würde.

„Verschwunden ist sie, und keine Spur von der Gitsch. Und das so kurz vor der Krönung zur Weinkönigin. Ein echtes Drama für die Familie. Die Pardellers werden verrückt vor Sorge. Verzeihen Sie, aber ich muss weiterarbeiten."

„Gibt es denn gar keine Möglichkeit, ein Gläschen zu trinken? Wissen Sie, ich plane ein größeres Familienfest und möchte Ihnen gerne den besten Wein abkaufen. Aber kosten muss ich ihn vorher, das werden Sie sicher verstehen."

„Nun, eine kleine Pause könnte ich tatsächlich machen. Kommen Sie, Herr …"

„Schmalzl", sagte er erneut und konnte sich gerade noch verkneifen, seinen Beruf zu verraten.

*

Es war bereits gegen acht Uhr abends, als Magnabosco von Tiers über Bozen nach St. Pauls fuhr. Ulrich Angerer, mit dem Simona eine Affäre hatte, hatte er im Hotel nicht angetroffen. Die Hotelbediensteten Malverio und Alberto hatten wieder freundlich seine Fragen beantwortet, ohne ihm auch nur eine brauchbare Information geben zu können. Nur Malverio hatte sich kurz ob seiner Fragen entrüstet und ihm harsch geantwortet, dass er nicht wisse, wo der „König" sei. Seine dunkelbraunen Augen hatten in diesem Moment ein gefährliches Funkeln angenommen. Einen richterlichen Beschluss anzufordern, der Magnabosco dazu befugte, das Hotel nach dem Mann zu durchsuchen, würde zu lange dauern – die Wege der italienischen Bürokratie waren zu kompliziert, zu undurchsichtig, zu zähflüssig. Er ließ ihn kurzerhand zur Fahndung ausschreiben, schließlich gehörte er zum Kreis der Verdächtigen.

„Der König", ging Magnabosco während der Fahrt wieder durch den Kopf. Was für ein seltsamer Ausdruck, war er doch einfach nur der Hotelchef, auch wenn er in der Tat ein recht seltsamer Kauz mit majestätischem Erscheinungsbild war. „Der König von Tiers."

Der Parkplatz vor der Kellerei war fast leer, nur ein Wagen mit leicht eingedrückter Stoßstange stand dort. Im Foyer war Licht, Magnabosco erkannte den Kellermeister, der einem schlanken, großen, grauhaarigen Mann Rotwein ausschenkte. Als Magnabosco an die Scheibe klopfte und seinen Dienstausweis zeigte, erkannte er den Journalisten.

„Nun, Herr Schmalzl, wie weit sind Sie mit Ihren Ermittlungen?", fragte er ihn geradeheraus und so laut, dass der Kellermeister den Wein verschüttete.

„Was für Ermittlungen?", rief dieser erschrocken.

„Darf ich vorstellen, Herr Schmalzl von der *Eisacktaler Presse*. Ich hoffe, Sie haben nicht zu viel verraten."

„Ihren Wein können Sie gern woanders kaufen", bellte der Kellermeister Schmalzl an. „Für diese drei Viertel bekomme ich noch zwanzig Euro."

„Ich weiß ohnehin genug", grinste Schmalzl und legte einen Schein auf den Tresen. „Habt Dank, Herr Kellermeister!"

Filippo Magnabosco

„Capo, lies das. Hier steht alles über die Exe!", empfing Carmela ihn aufgeregt, als Magnabosco an diesem Abend endlich die Wohnungstür hinter sich schloss. Er war müde und sehnte sich nach nichts Weiterem als einem kühlen Bier und einem Fußballspiel. Er ließ sich aufs Sofa fallen, Carmela setzte sich neben ihn und legte ihm ein Buch auf den Schoß. *Tierser Berggeschichten.*

„Carmela, bitte. Ich glaube nicht, dass wir diesen Fall mit einem Märchenbuch lösen werden. Hattest du mir nicht einen Teller Pasta versprochen?"

„Nein, Capo. Wenn du nicht gehst Jogging, dann niente pasta per te. Jetzt schau hier, da steht, wo die Exe ist."

Magnabosco verdrehte die Augen. Wofür wollte diese Frau ihn eigentlich bestrafen? Er sah in Richtung seiner kleinen Einbauküche, dort stand ein benutzter Kochtopf auf dem Herd. Bluffte Carmela etwa?

„Carmela, auf dem Herd stehen eindeutige Beweismittel für ein Abendessen."

Carmelas Wangen nahmen eine leichte Röte an, sie lächelte und senkte die Augen.

„Ja, Filippo, natürlich kriegst du deine Pasta. Senti, hier steht: ‚Der Schlern hatte bei den Menschen schon immer einen besonderen Platz eingenommen. So war er angeblich Treffpunkt der Schlernhexen, die angeritten kamen, auf jeglichem Zeug, Besen, Gabeln, Rechen und Kehrtateln ...' Filippo, was ist eine Kehrtatel?"

„Eine Schaufel für den Kehricht", erklärte Magnabosco. Nun nahm er tatsächlich den wunderbaren Geruch gerösteter Zwiebeln und eine leichte Basilikumnote wahr. Sofort lief ihm das Wasser im Munde zusammen.

„Kehricht? Naja, ist egal. Also, da steht: ‚Aber die Hexen tummelten sich nicht nur auf dem Schlern, auch die Riesen hausten dort bereits seit alters. Sie verschwanden vom Schlern, als das Christentum Einzug hielt und zogen Richtung ‚Tschetterloch' hinter dem Dorf Tiers davon. Nach dem Tod des letzten Riesen zogen die ‚Seligen Weibelen' in diese Höhle ein. Unter dem Begriff ‚Saligen' verstand man die im Menschenkörper von Frauen und Mädchen wandelnden Seelen, die für ihre Sünde noch Buße tun mussten. Nach ihrem Tod war es ihre Pflicht, als Magd bei den Bauern unentgeltlich zu arbeiten. Auf ihrem Gang wurden sie manchmal von wilden Männern verfolgt. Gott hatte Mitleid mit ihnen und leitete den Wasserfall des Tschaminbaches über den Eingang der Höhle des Tschetterloches. So konnten sie sich in diesem Versteck in Sicherheit bringen. Auf ihrer Flucht fanden sie auch in den Baumstrünken, auf denen drei Kreuze eingekerbt waren, Schutz vor den wilden Verfolgern. Während ihres unentgeltlichen Dienstes bei den Bauern durften sie jedoch niemals nach ihrem Namen gefragt werden. Geschah dies doch, so verschwand die ‚Salige‘ und wurde nie wieder gesehen."[1]

Magnabosco blieb still und küsste Carmela.

„Martha", sagte Magnabosco dann. „Danke, Carmela. Du hast die Hexe gefunden. Bitte entschuldige, dass ich so gemein zu dir war."

„Ist schon gut, Capo. Aber lassen wir die Exe noch ein bisschen in ihre Loch, oder? *La pasta è pronta.*"

Magnabosco schmunzelte. Natürlich war ihm Carmelas Eifersucht auf die junge Frau mit den blauen Augen und dem strahlenden Lächeln nicht entgangen. Auch Martha war aus eigenen Stücken ausgebüxt, und dies nicht zum ersten Mal. Es reichte also, sie am kommenden Morgen suchen zu gehen.

Carmela stand auf und nahm den Topf vom Herd. Sie hob den Deckel und ein herrlicher Duft, den Magnabosco nur aus seinen wenigen Urlauben in Süditalien kannte, durchströmte die Wohnung.

Nach dem ersten Teller verlangte er einen zweiten, Carmela ließ sich nicht bitten und erfüllte ihm auch diesen Wunsch. Gerade, als er die restliche Tomatensoße mit einem Stück Vollkornbrot aufwischte, klingelte sein Mobiltelefon.

„Matteotti hier, wie geht's dir, Filippo?"

Magnabosco wunderte sich über den Anruf seines alten Bekannten, freute sich aber auch, dass sich nun vielleicht noch sein Wunsch erfüllen würde, ein kühles Bier zu trinken und Fußball im Fernsehen zu schauen.

---

[1] Aus: Katja Solderer, *Tierser Berggeschichten*, Bozen 2012, S. 153 ff.

„Gut", antwortete Magnabosco. „Was gibt's, Sergio?"

„Hast du einen Moment Zeit, vor die Haustür zu kommen?"

„Warum sollte ich?"

„Das wirst du gleich sehen. Komm einfach herunter."

Magnabosco nahm den Fahrstuhl ins Parterre. Er öffnete die Haustür, und vor ihm stand Sergio Matteotti und wog ein in weiße Tücher gepacktes, schreiendes Bündel in seinen Armen. Magnabosco erschrak erst, dann lachte er und beglückwünschte ihn.

„Meinen Glückwunsch, Matteotti, komm doch mit hoch! Wie heißt denn der Kleine?"

Matteotti schwieg und schüttelte den Kopf. „Filippo, das ist nicht mein Kind, sondern deines."

Magnabosco hustete lautstark und lachte wieder. „Was redest du denn da? Bist du betrunken?"

Matteotti verneinte und behauptete, selten so nüchtern gewesen zu sein wie an diesem Abend.

„Clara stand da vorne an der Ecke. Ich war nur zufällig da, eigentlich wollte ich gerade zur Sportbar gehen und mir das Spiel anschauen. Sie weinte und hielt mich auf. Dann hat sie mir den Schreihals in den Arm gedrückt und gesagt: ‚Bring ihn zu Filippo, ich schaffe es nicht.' Und dann ist sie wie von der Tarantel gestochen weggerannt. Ach ja, diese Plastiktüte hat sie mir noch vor die Füße geschmissen. Ich glaube, da sind Windeln und eine Flasche drin."

Magnabosco rannen Schweißperlen über die Stirn. Er murmelte etwas Unverständliches und wies Matteotti ab, als er ihm den Säugling auf den Arm geben wollte. „Nein, das ist nicht mein Kind. Clara war nicht von mir schwanger. Das kann sie nicht tun. Das ist nicht richtig. Ich weiß nicht mal, wie man Windeln wechselt. Vergiss es, wo ist sie hin?", schrie er seinen Freund an und wollte schon losrennen, um Clara zu suchen und sie zur Rede zu stellen.

„Magnabosco, beruhige dich", besänftigte Matteotti ihn. „Komm, der oder die, oder was auch immer das hier ist, hat Hunger und braucht vermutlich auch frische Windeln. Und Wärme. Das kriegst du hin. Und morgen suchen wir Clara und bringen das Kind zurück."

Magnabosco zitterte. Vorsichtig legte Matteotti ihm das Bündel auf den Arm, nahm ihm den Schlüssel ab und sperrte die Haustür auf.

Sofort hörte das Baby auf zu schreien und öffnete erst ein winziges rechtes, dann ein winziges linkes Auge. Sergio Matteotti begleitete ihn in die Wohnung, in der Carmela noch immer die Legende von den Saligen Weibern im Tschetterloch studierte.

Simona Pardeller

Simona öffnete langsam die Augen. Sofort hörte sie das Fauchen der kleinen Kaffeemaschine und roch das frische, süße Brot. Sie lächelte.

„Holde Maid, endlich seid Ihr wach. Schnell, nehmt etwas zu Euch, ich muss Euch hinfortbringen."

Sie streckte sich und sah sich um. Alberto stand an dem kleinen Herd des Bedienstetenzimmers, in dem er sie für eine Nacht aufgenommen hatte. Er goss den Kaffee in eine kleine Tasse, stellte einen Becher warme Milch daneben und schnitt zwei Scheiben von dem nach Butter duftenden Hefezopf ab.

„Wo ist denn Ulrich?", fragte Simona schlaftrunken und rieb sich die Augen. Dann tapste sie barfuß ins Badezimmer, um sich frisch zu machen.

„Er musste über alle Berge, und dies noch heute Nacht. Sie suchen nach ihm."

„Warum denn? Er hat doch niemandem etwas getan", fragte Simona.

„Fürwahr, Teuerste. Der König hat wirklich keine Schuld auf sich geladen. Nur vermissen Euch Eure Eltern. Und so haben sie die Wächter des Rechts und der Ordnung damit beauftragt, nach Euch zu suchen."

„Alberto, sprich bitte normal mit mir. Die Polizei ist hinter mir her?", entgegnete Simona. Die Angst kroch in ihr hoch. Nie und nimmer würde sie Hartwig heiraten. Es war doch alles nur ein abgekartetes Spiel der Eltern, um sie beide so reich wie möglich unter die Haube zu bekommen. Auch wenn sie Hartwig anfangs gemocht hatte und sich sogar ein wenig Liebe für ihn eingebildet hatte, so war sie nun umso mehr davon überzeugt, längst in Ulrich Angerer die wahre Liebe ihres Lebens gefunden zu haben. Sollte Hartwig doch ihre Schwester heiraten, schließlich hatte Martha ihr erst vor wenigen Tagen, ohne mit der Wimper zu zucken, offenbart, dass sie seit einiger Zeit eine Affäre mit ihm hatte.

„Ja, Simmi, die Schergen, äh, die Bullen suchen dich seit einigen Tagen. Dein Verschwinden steht in allen Zeitungen. Vergiss nicht, dass man dich auch zur Weinkönigin machen will."

„Das Krönchen können sie einer anderen aufsetzen. Ohne den König werde ich nie und nimmer zur Königin!", rief sie weinend und verschwand wieder im Bad.

„Nun komm schon", rief Alberto und klopfte sachte an die Tür. „Iss eine Kleinigkeit und dann bringe ich dich hoch in seine Hütte."

„Ist er auch dort?", fragte Simona schluchzend.

„Der König hat seine Kappe aufgesetzt und lässt dich liebestoll, äh, liebevoll grüßen. Komm jetzt, wir haben einen weiten Weg vor uns."

Langsam öffnete Simona die Badezimmertür, nahm dankbar den noch heißen Kaffee entgegen und packte ihren Rucksack. Den Kletterhelm hängte sie mit einem Karabiner an eine Außenschleife. Sie würde ihn erst später brauchen, wenn sie unweit der Hütte waren. Mit schnellen Schritten verließen sie und Alberto das Hotel durch einen der vielen Notausgänge und liefen zum Parkplatz. Bis zur Tschamin Schwaige konnten sie fahren, ab dort mussten sie zu Fuß weiter.

Filippo Magnabosco

„Wir brauchen Namen für Baby", sagte Carmela und unterbrach damit die Stille im Auto.

„Wie bitte?", ereiferte sich Magnabosco, der noch immer wütend war. Wütend und sehr müde, schließlich hatte er in dieser Nacht kein Auge zugemacht. Claras Baby hatte sie beide wachgehalten. Immerhin hatte Carmela ihn nicht im Stich gelassen, sondern sofort ihre *nonna* in Süditalien angerufen und sich eine halbe Stunde lang einweisen lassen: womit man ein wenige Wochen altes Baby fütterte, wie man es wickelte und was man gegen Koliken unternehmen konnte. Mit einem Lächeln war sie zu dem verunsicherten Magnabosco zurückgekommen, hatte ihm das Kind abgenommen und zunächst entdeckt, dass es sich um einen furchtbar stinkenden, kleinen Jungen handelte. Als sie es dem Kommissar mitteilte, hielten sich beide gerührt die Nasen zu. Dann wusch und wickelte sie ihn, als habe sie das schon immer getan. Magnabosco konnte kaum glauben, wie geschickt sie sich dabei anstellte. Was die *nonna* erklärte, funktionierte. Egal, ob es sich dabei um Pastagerichte oder um dreckige Windeln handelte. Magnabosco starrte das Kind ungläubig an und hielt vorsichtig seinen

Zeigefinger an dessen Händchen. Der Kleine packte kräftig zu.

„Einen Namen kann Clara sich selbst ausdenken. Wir bringen das Kind noch am Wochenende zu ihr zurück. Und wenn ich es ihr persönlich nach Brescia bringen muss!", brummte Magnabosco und bog in die kleine, steile Bergstraße ein, die sie in Richtung Tschetterloch bringen sollte.

„Wie wäre es mit Edoardo?", fragte Carmela nachdenklich.

„Nein. Das ist nicht unsere Aufgabe."

„Giovanni? Giuseppe? Geronimo?", schlug sie vor.

„Nein, Carmela. Keine Namen, keine Bindung. Am Wochenende ist dieses Theater vorbei. Und ruf jetzt bitte Matteotti an, ob alles in Ordnung ist."

Carmela lächelte, rief Sergio, der sich selbst als Babysitter zur Verfügung gestellt hatte, an und sprach kurz mit ihm.

„Edoardo macht *cacca*, trinkt Milch und schläft. Alles gut, Filippo. Da vorne müssen wir hin, Parkplatz bei Tschamin Schwager."

„Edoardo also. Na gut, dann von mir aus eben Edoardo. Und, Carmela, das heißt Schwaige und bedeutet so viel wie Hütte oder Unterschlupf."

Carmela lächelte zufrieden.

Anscheinend hatte sich ihre Eifersucht auf die Schlernhexe mit Edoardos Erscheinen gelegt. Magnabosco fürchtete den Moment ein wenig, in dem sie Martha finden würden. Wer wusste, in welchem Zustand sie aus diesem Loch im Felsen kriechen würde.

Magnabosco parkte direkt vor der Schwaige. Ein paar Kinder spielten dort, ein junger Mann in Lederhosen servierte ein paar Wanderern Cappuccini und Zitronenlimonade mit Himbeersirup, eine Mischung, die man hierzulande auch Skiwasser nannte. Er sah auf und begrüßte die beiden freundlich.

„Magnabosco von der Kriminalpolizei Bozen. Das ist meine Kollegin Pasqualina. Wir suchen das Tschetterloch. Können Sie uns sagen, wo wir hinmüssen?"

„Das ist nicht weit weg, nur eine Viertelstunde, ein Stück weiter oben. Aber was will die Polizei am Tschetterloch?"

„Wir suchen eine Exe", verriet Carmela und verdrehte kurz die Augen. Dann winkte sie zum Abschied und lächelte ein kleines Mädchen mit langen, roten Locken an, das sie mit großen Augen beobachtet hatte.

Magnabosco und Carmela schlugen den Weg links entlang des Baches ein, der durch ein kalkweißes Bett sprudelte. Ein paar Hundert Meter weiter führte der Weg sie über ein flaches Geröllfeld, das Carmela leichtfüßig durchstieg. Magnabosco verfluchte sich selbst, als er mit seinen ausgetretenen Turnschuhen beinahe ausrutschte. Die weißen Kalkfelsen um sie herum wurden enger, nun führte ein kleiner Trampelpfad durch dichtes Gestrüpp.

„Hier geht es nicht weiter. Hat der Wirt nicht gesagt, es sei weiter oben?", fragte Magnabosco.

Carmela suchte auf ihrem Handy die Kartenfunktion und bestätigte. Das Tschetterloch befand sich etwa einhundertfünfzig Meter über ihnen.

„Hier hinauf", beschloss sie und stieg über ein paar entwurzelte Bäume, Blockwerk und unsichere Felsen. Sie gewann schneller an Höhe, als Magnabosco sie aufhalten konnte. Er kletterte ihr hinterher. Zwar schwitzte er, aber bald machte ihm dieser kleine Ausflug in die Wildnis unter dem Rosengarten fast ein wenig Spaß.

Immer wieder hielten sie an und sahen auf der Karte nach. Weit entfernt vom Ziel konnten sie nicht sein. Magnabosco sah hinab, das Gelände war abschüssig, sein Schuhwerk mehr als unangemessen. Carmela kletterte langsam und mit geschickten Bewegungen weiter. Sie schien geradezu durch das Gelände zu tanzen, bewegte sich mit einer solchen Leichtigkeit und Sicherheit, dass Magnabosco fast ein wenig neidisch wurde. Vielleicht sollte er doch ab und zu einmal mit ihr wandern gehen?

„Da oben, da ist vielleicht ein Weg", meinte Carmela plötzlich.

„Wo denn? Ich sehe nichts", fragte Magnabosco, hielt sich mit der linken Hand an einem dürren Ast fest und grub die rechte in eine verblühte Erikastaude. „Warte, ich gehe vor."

„Filippo, soll nicht lieber ich …?", fragte Carmela und wollte schon weitersteigen, als Magnabosco es ihr untersagte.

„Nein, Carmela."

Er kletterte hinauf, soweit es zwischen den Felsen und Wildkräutern ging, und fand einen kleinen, bequemen Stand, von dem aus er sich umsehen konnte. Kein Wanderweg zeigte sich weit und breit, sie mussten zurück. Das war sicherlich nicht die richtige Richtung, um zum Tschetterloch zu gelangen.

Langsam drehte Magnabosco sich auf seinem Felsvorsprung um. Dieser war tatsächlich gerade einmal so breit wie seine beiden Füße, danach ging es steil den Berg hinunter. Auf den nächsten zwanzig Metern konnte er nichts ausmachen, das ihn vor dem Fall in die Tiefe bewahren würde. Ihm schwindelte. Er krallte sich an den Felsen fest. Sie hielten, waren aber rutschig. Einen zuverlässigen Baum fand er nicht und das Gras bröselte samt Wurzeln und Erde aus dem Felsen heraus, als er daran zog. Magnabosco trat kalter Schweiß auf die Stirn. Hatte er sich nicht vor wenigen Minuten noch fast wohl hier oben gefühlt und sich sogar gerne zwischen den Felsen bewegt?

Er schob den rechten Fuß vor und tastete nach einem Halt, doch da war keiner. Kaum berührte er die Erde, schien sie unter ihm nachzugeben. Er zitterte heftig und spürte, wie sein Herz in der Brust pochte. Sollte er nach Carmela rufen? Musste die Bergwacht ihn aus seiner misslichen Lage befreien? Würde er dieses Abkommen vom Weg denn überhaupt überleben oder würde man nur mehr seine Leiche aus dem Geröllfeld bergen?

Magnabosco sah sich selbst schon auf dem Zentralfriedhof in Bozen liegen. Er schluckte trocken, einen Ausweg musste es doch geben. Auch der Versuch, sich umzudrehen und auf dem Bauch hinunterzurutschen, schlug fehl.

Verzweifelt setzte er sich auf den Hosenboden und musste plötzlich an den kleinen Edoardo denken, der zu Hause gerade von seinem Freund betreut wurde und von dem er wusste, dass er zu Mittag eher selten nüchtern war. Dann schoss ihm Carmelas Lächeln durch die Gedanken, ihre braunen Augen und wie sie gestern das Baby ohne jegliches Murren liebevoll gewickelt und gefüttert hatte.

Magnabosco wurde mit einem Mal bewusst, dass er eine Familie hatte. Er musste heil wieder hier hinunterkommen. Er rutschte ein Stück vorwärts, setzte erst den rechten und dann den linken Fuß ab, dann hielt er sich mit beiden Händen am Felsen fest. Eine Schweißperle tropfte ihm ins Auge, er fluchte leise, verlor das Gleichgewicht aber nicht. Mit zittrigen Knien fand er einen neuen Stand, dann einen weiteren und war wenige Minuten später unversehrt neben Carmela, die schon wieder mit Sergio Matteotti telefonierte.

„Filippo, piccolo Edoardo ist aufgewacht und hat gelächelt", sagte sie mit leuchtenden Augen.

Magnabosco erwiderte nichts und gab ihr auf den rutschenden Kalksteinen einen innigen Kuss.

Martha Pardeller

Martha Pardeller kroch vorsichtig aus ihrer steinigen Höhle, setzte einen Fuß nach dem anderen auf den kalten, rutschigen Kalkfelsen und ließ sich langsam hinuntergleiten. Ihre Finger waren klamm, sie bemerkte ihren eigenen Körpergeruch und rümpfte die Nase. Sie spürte eine Hand, die ihre Hüfte hielt und ihr den Ausstieg aus dem Felsenreich ein wenig erleichterte.

„Ganz langsam, Frau Pardeller, Sie sind gleich in Sicherheit", sagte der Kommissar einfühlsam.

Martha sah ihn an, sein Gesicht war müde und verschwitzt. Seine Kleidung war dreckig, sein Arm hatte einige rot leuchtende Kratzer.

„Was tun Sie hier?", fragte Martha ängstlich.

„Sie wurden von den Hofbesitzern in Seis als vermisst gemeldet."

Martha fühlte sich zu schwach, um vor ihm und der jungen Polizistin wegzulaufen. Dieses Mal hatte ihr die Zeit in der Höhle keine Kraft gegeben. Sie hatte zu lang ohne Sonnenlicht und Essen ausgeharrt. Fast war sie dankbar, dass die Polizisten sie nun holen kamen.

„Ich kann nicht dorthin zurück. Sie werden mich nicht mehr aufnehmen", sagte sie schwach und taumelte.

Carmela hielt sie und legte ihr resolut den Arm um die Hüften. Erst jetzt bemerkten sie, dass Martha keine Schuhe trug.

„Oje, die habe ich wohl in der Höhle vergessen."

„Nichts da, Sie klettern da jetzt nicht noch mal hinein. Aufsitzen", befahl Magnabosco ihr nun harsch.

„Was meinen Sie damit?", fragte Martha unsicher. Ihr war schwindlig. Das Sonnenlicht war viel zu hell und blendete sie selbst hier im Schatten der Bäume.

„Wir tragen Sie gemeinsam, Martha, bis zur Schwaige. Dort essen Sie eine Knödelsuppe und trinken Wasser, damit Sie wieder einigermaßen zu Kräften kommen. Und dann bringen wir Sie heim zu den Bauern, die sich Sorgen um Sie machen und Sie sicher nicht fortschicken werden."

Martha nickte und ließ sich wortlos über den Waldweg in Richtung der Schwaige tragen. Ein paarmal schloss sie die Augen. Sie sah zu der Polizistin hinüber, die ihr einen wachsamen Blick zuwarf. Martha verstand sofort, dass die beiden mehr als nur Kollegen waren, sie erkannte ihre Liebe und lächelte Carmela schwach zu. Nun wurde auch ihr Blick ein wenig sanfter.

Auf einmal blieb Carmela stehen. „*Guardate*, wie schön ist das", sagte sie. An einer Kehre eröffnete sich ihnen der Blick auf den Rosengarten. Im Vordergrund ein Fichtenwäldchen, gleich dahinter lugten in sattem Grün saftige Bergwiesen hervor. Die weißgrauen Felsspitzen stachen in einen tiefblauen Himmel, von ein paar Schleierwolken umwoben zeigte er sich von seiner schönsten Herbstseite. Ein paar wenige Lärchen hatten schon eine gelbliche Farbe angenommen, nur sie würden im Winter ihre Nadeln verlieren.

Martha sah wehmütig an Magnaboscos Kopf vorbei und versuchte, das Bild zu verinnerlichen.

*

Martha wurde mit einem Ächzen auf einer der hölzernen Bänke vor der Schwaige abgesetzt. Der Kommissar setzte sich neben sie, vermutlich, damit sie nicht wieder abhauen konnte. Der junge Wirt kam zu ihnen und staunte, als er Martha sah.

„Exe", flüsterte Carmela. „Braucht bitte *canederli*."

„Und wir auch", beschloss Magnabosco.

Der Wirt nickte ernst, brachte ihnen flink Besteck und zehn Minuten später für alle drei herrlich duftende Speckknödel in kräftiger Suppe.

Martha aß zufrieden ihr erstes Mahl, seitdem sie ohne Vorräte geflüchtet war. „Woher habt ihr gewusst, wo ich bin?", fragte sie.

„Ich habe ein Buch gefunden, da steht viel drin über die Exen von die Schlern", sagte Carmela mit wissendem Blick. „Auch, wo ihre Versteck ist."

Martha senkte den Blick, dann sah sie wieder zu Carmela auf. „Danke", sagte sie nun. „Ich habe mich nicht mehr herausgetraut. Ohne euch wäre ich da drin vermutlich verhungert."

„Schön ist es hier", meinte Magnabosco und sah sich im Außenbereich der Schwaige um, die seit vielen Generationen im Familienbesitz war, wie ein Schild verriet. Mehrere Terrassen luden zum Verweilen ein, das Plätschern des Baches hörte man bis hierher. Ein leichter Wind kam auf.

Das kleine Mädchen mit den roten Locken kam wieder zu ihnen gesprungen. In ihrer Hand hielt sie eine zarte, gelb strahlende Butterblume. Sie sah zu Magnabosco auf und streckte ihm mit dreckigen Fingerchen die Blume entgegen. Magnabosco nahm sie verwundert an. Dann deutete sie ihm mit einer Geste, sich zu ihr herunterzubeugen, und krallte sich an seinem Hemdkragen fest. Sie flüsterte ihm etwas ins Ohr, ließ ihn dann los und hüpfte ins Haus, wo ihre Mutter sie gerufen hatte.

Martha sah ihr mit seligem Lächeln hinterher. Gleichzeitig schien etwas in ihr zu zerbrechen.

„Was hat das Mädchen gesagt?", fragte Carmela.

„Ich habe es nicht genau verstanden. Ich glaube, sie hat gesagt, dass Martha eine gute Hexe ist."

Elisabeth Pardeller

Sie musste es Dieter sagen, bevor ihre Lebenslüge durch die Ermittlungen der Polizei ans Licht kam. Es führte kein Weg daran vorbei, ihrem Mann zu gestehen, dass ihre Liebe zu ihm zwar echt war, es aber in den ersten Jahren der Ehe noch einen anderen gegeben hatte. Als sie in den Weinkeller hinunterging und nach ihrem Mann suchte, zitterte sie so heftig, dass sie beinahe über die steinernen Stufen stolperte.

Dieter antwortete ihrem Rufen, steckte eine Flasche Sauvignon zurück in die Halterung, drehte sie noch einmal kurz und sah dann auf. Er ging auf sie zu, hauchte ihr einen Kuss auf die Wange und fragte, ob sich die Polizei gemeldet habe. Elisabeth verneinte und bat ihn, ihr zu folgen.

„Ich muss hier weitermachen, worum geht es denn?", fragte ihr Mann und drehte weiter eine Flasche des jungen Weines nach der anderen um neunzig Grad nach rechts.

„Um Martha und Simona. Es ist wirklich wichtig, Dieter."

„Ich werde Willi, Wolfgang und Higgi losschicken, gleich morgen früh sollen sie nach Simona suchen", sagte Dieter und nahm Elisabeths Hand. In diesem Moment polterte es weiter hinten im Weinkeller. Elisabeth erschrak.

„Das wird einer von den Arbeitern gewesen sein", versuchte Dieter sie zu beruhigen. „Wenn das so weitergeht, haben wir bald mehr Scherben als ganze Flaschen. Nun, wie auch immer: Ich rufe sie heute Abend an, dass sie morgen früh nach Tiers fahren sollen, um Simona zu suchen. Die Polizei ist ja allem Anschein nach unfähig dazu."

„Du willst unsere Tagelöhner losschicken, um nach unserer Tochter zu suchen?", fragte Elisabeth. „Ich halte das für keine gute Idee. Vielleicht wurde sie ja gar nicht entführt. Vielleicht wurde ihr einfach nur alles zu viel mit der Hochzeit und der Krönung. Sie ist doch erst fünfundzwanzig. Ich glaube, sie hält diesem Druck nicht stand, Dieter."

„Doch, ich werde die drei losschicken und sie auch gut dafür bezahlen. Ich habe bereits mit Hartwigs Vater gesprochen. Er ist auch dafür, dass wir sie selbst suchen. Ich will endlich Gewissheit und meine Tochter zurück", erwiderte Dieter nun mit fester Stimme.

Elisabeth zuckte erneut zusammen.

„Verzeih mir, ich wollte meine Wut nicht an dir auslassen. Du wolltest mir doch etwas Wichtiges sagen. Gehen wir in den Garten. Du bist ganz blass. Fühlst du dich nicht gut?"

Elisabeths Kinn zitterte, dann kamen ihr wieder die Tränen. Sie schluchzte laut auf und klammerte sich an Dieter fest. „Versprich mir, dass du mich nicht verlässt,

Dieter. Bitte, bleib bei mir. Ich kann nicht ohne dich leben."

„Was redest du denn da, Elisabeth? Natürlich verlasse ich dich nicht. Komm, wir gehen an die frische Luft."

Elisabeth nickte und ließ sich von ihrem Mann aus dem Keller führen. Sie kam jedoch nicht dazu, mit ihm zu sprechen. Kaum traten sie aus dem Weinkeller, kamen ihnen auch schon der Kommissar und seine Assistentin entgegen. Sie wirkten sehr müde, außerdem trugen beide dreckige Kleidung.

„Guten Abend", begrüßte Magnabosco sie. Carmela Pasqualina nickte freundlich und blickte einem kleinen Motorrad nach, das gerade den Hof der Kellerei mit leisem Rattern verließ.

Auch Elisabeth reckte den Kopf. Sie kannte ihre Arbeiter, das Motorrad konnte sie aber keinem von ihnen zuordnen.

„Wir haben Martha gefunden. Es geht ihr gut. Wir haben sie nach Seis zum Gutshof gebracht", erklärte Magnabosco.

Dieter nickte. „Wo ist Simona?", fragte er dann unfreundlich. „Sollten Sie nicht lieber nach ihr suchen? Oder wollen Sie damit warten, bis sie tot ist?"

Magnaboscos Augen wurden schmal. „Die Polizei sucht das gesamte Gebiet zwischen Tiers, St. Zyprian und dem Rosengarten ab. Wenn Sie uns ein wenig unterstützen würden, wäre das natürlich von Vorteil, was aber nicht der Fall ist. Ihrer Meinung nach lebt Simona ja in einer heilen Welt – sind Sie da immer noch so sicher? Ein Mädchen, das keine Probleme hat, haut weder ab noch wird es entführt. Also entweder wollen Sie beide diese Probleme nicht wahrhaben oder Sie sind blind. Sogar ihre Freundin Claudia Lomberda konnte mir mehr über Simonas Privatleben erzählen als Sie beide."

„So, was hat sie denn erzählt? Doch sicher nur haltlose Gerüchte", eiferte sich Dieter Pardeller. „Unserer Simona geht es sehr gut zu Hause. Sie hat alles, was sie braucht. Sie hat keinen Grund, wegzulaufen. Klären Sie endlich dieses Verbrechen auf, Herr Oberhauptkommissar! Ansonsten werde ich morgen früh meine Männer losschicken. Ein Anruf reicht und sie machen sich auf den Weg."

„Das werden Sie mal schön bleiben lassen, Herr Pardeller. Nun, Frau Lomberda hat mir zum Beispiel erzählt, dass Simona eigentlich überhaupt kein Interesse daran hat, Hartwig zu heiraten. Vielmehr ist sie seit langer Zeit in einen anderen Mann verliebt und trifft sich heimlich mit ihm. Ich persönlich gehe davon aus, dass Simona geflüchtet ist, weil sie weder die Braut eines Mannes sein will, den sie überhaupt nicht liebt, noch Weinkönigin werden möchte."

Elisabeth Pardeller starrte den Kommissar an. „In wen ... in wen ist Simona verliebt?", stammelte sie.

„Laut ihrer Freundin in einen gewissen Ulrich Angerer aus Tiers. Der übrigens auch verschwunden ist. Wir haben ihn zur Fahndung ausgeschrieben."

Elisabeth Pardeller sah zu ihrem Mann hinüber, dessen Gesicht eine unnatürlich weiße Farbe angenommen hatte. Sie spürte einen Anflug von Hitze, ihr Herz raste. Ihre Beine wurden bleischwer, ihr wurde kurz übel, dann schwarz vor Augen. Sie sackte in sich zusammen.

Dieter Pardeller

Pardeller betrat die kleine Kneipe, die sich gegenüber der Kirche in St. Pauls befand. Der Fernseher übertrug ein Fußballspiel, die neue Saison hatte gerade begonnen. Mit einem Fingerzeig bestellte er ein Bier und setzte sich an den runden Tisch neben dem Tresen, an dem seine drei Arbeiter Wolfgang Gallmetzer, Wilfried Christanell und Thomas „Higgi" Hildebrand gerade noch einmal ihre Spielkarten austeilten.

„Oha, der Chef höchstpersönlich", rief Wolfgang und rückte ein Stück zur Seite, um Pardeller Platz zu machen.

„Männer, ich mache es kurz. Das ist heute euer letztes Bier. Die Runde geht auf mich. Morgen früh will ich euch nicht mehr auf dem Weingut sehen."

Wilfried starrte ihn an. „Was ist los? Wir waren in Windeseile mit dem Wimmen fertig, du solltest uns eher den Lohn verdoppeln, als uns rauszuschmeißen."

„Moment, Willi, eure Arbeit habt ihr wunderbar verrichtet. Ich will, dass ihr morgen in aller Früh hinauf nach Tiers fahrt, um Simona zu suchen. Die Polizei ist zu dumm dafür, sie tappen immer noch im Dunkeln. Sie sagen, sie habe eine Affäre mit Ulrich Angerer."

Willi, Wolfgang und Higgi sahen sich an.

„Wer soll das sein?", fragte Higgi und trank den letzten Schluck Bier aus seinem Glas.

Pardeller starrte aus dem Fenster, dann schlug er so heftig auf den Tisch, dass eine Stubenfliege ihr Leben ließ.

„Ich kenne ihn von früher. Wir waren in der gleichen Kaserne beim italienischen Militär im Piemont stationiert. Ein Jahr lang musste ich mit ihm das Zimmer teilen. Er hat jedes Mädchen bekommen, das er auch nur angesehen hat. Sein Hobby war es, mir die Freundinnen auszuspannen, eine nach der anderen. Er hat mich vor allen zum Deppen gemacht, vor den Frauen, vor den Kollegen, vor meinem Vorgesetzten. Als ich dann endlich den Dienst quittieren durfte, habe ich Elisabeth kennengelernt und sie auch bald geheiratet. Die Flitterwochen haben wir oben in St. Zyprian verbracht, im Hotel Sagenwelt. Und wer hat uns beide überschwänglich begrüßt und ihr vom ersten Tag an schöne Augen gemacht?"

„Ulrich Angerer", riefen die drei Arbeiter wie aus einem Munde.

„Ganz recht", bestätigte Pardeller. „Und nun behauptet die Polizei, meine Tochter sei mit ebendiesem Mann durchgebrannt. Simona ist gerade einmal 25, er mehr als doppelt so alt!"

„Na", meinte Higgi grinsend, „dann wird er schon ein Kunststück im Bett können, wenn so eine junge Gitsch …"

Pardeller schlug erneut mit der flachen Hand auf den Tisch. „Pass auf, was du sagst, Higgi. Du sprichst von meiner Tochter und der nominierten Weinkönigin. Also was ist, kann ich mich auf euch verlassen?"

Wolfgang, Willi und Higgi sahen sich an.

„Was springt dabei für uns heraus?", fragte Wolfgang.

„Ihr bekommt den dreifachen Tageslohn. Hundert Euro jetzt gleich und den Rest, wenn ihr mit Simona zurückkommt."

Die drei Männer überlegten kurz und nickten.

TEIL 3

Simona Pardeller

Die wenigen Wanderer, die an diesem Mittwochmorgen im Tschamintal unterwegs waren, beachteten Simona Pardeller und ihren Begleiter Alberto kaum. Sie grüßten sie nur kopfnickend mit einem freundlichen „Griaßt enk" und gingen weiter den schmalen Weg entlang, der von der Schwaige in Richtung des Bärenlochs und schließlich zum Tierser Alpl führte.

Simona stieg schweigend über Baumwurzeln und lose herumliegende, weiße Kalksteine. Alberto ging voraus. Er wollte sichergehen, dass kein Polizist ihnen entgegenkam, um dem König sein Liebchen zu stehlen.

Der Weg war steil, sie gewannen schnell an Höhe und überblickten bald das schmale Tal mit seinen imposanten, gelb-grauen Felsen, die kerzengerade an den Ufern des kleinen, rauschenden Baches in die Höhe stachen. Auf einem großen, runden Felsen am Wegesrand stand ein einsamer, dürrer Baum. Seit Simona zum ersten Mal an des Königs Hand hier vorbeigekommen war, hatte sie sich gefragt, wie der Baum es wohl schaffte, dort zu überleben. Schließlich konnte er sich in dem Felsen nicht tief verwurzeln und es regnete hier auch nicht oft. Sogar die meisten Wasserfälle, die früher tosend über die Felswände gestürzt waren, waren inzwischen ausgetrocknet.

Bald kamen Simona und Alberto am Leger vorbei, einer Stelle, an der das Tal ein wenig breiter wurde. Hier fanden die Kühe genügend Gras und konnten im Bach trinken. Simona näherte sich einem Kalb, dessen Fell so weiß-grau wie die Dolomitenwände war und das sie neugierig mit seinen riesigen, braunen Augen betrachtete. Simona empfand keine Angst, sie sprach ein paar ruhige Worte zu dem Tier.

Alberto blieb stehen und sah sich um. Er reichte Simona eine Wasserflasche und bat sie höflich, sich zu beeilen. Je eher sie in der Hütte unterhalb des Tierser Alpls waren, desto besser und desto eher würde sie auch den König wiedersehen, versprach er ihr. Simonas Augen leuchteten vor Glück. Sofort bereute Alberto, was er gesagt hatte. War der König von Tiers erst einmal verschwunden, wusste niemand, wann er wieder auftauchen würde. Hier war er dem Zwergenkönig Laurin mit seiner Tarnkappe nur allzu ähnlich.

Ihr Weg führte sie weiter durch einen bunten Wald mit Lärchen, Ebereschen, Latschen und Kiefern, über kleine Geröllfelder und durch unwegsames Blockwerk, vorbei an entwurzelten Bäumen und kleinen Grotten, in denen sich Quellwasser sammelte. Schmetterlinge und Bienen schwärmten selbst jetzt im Herbst zwischen den spät blühenden Gebirgsblumen umher. Simona streckte die Hand nach einem Tagpfauenauge aus. Es berührte ihre Fingerspitzen und ließ sich kurz auf ihrem Handrücken nieder. Ein leichter Wind kam auf, der Schmetterling flatterte weiter und setzte sich auf einen Baumstumpf. Als wolle er ihr zum Abschied zuwinken, öffnete er noch ein paarmal seine Flügel.

Die Sonne spielte mit den wenigen Wolken Verstecken. Immer wieder wurde es kurz dunkler, dann kam sie wieder hervor und strahlte die weißen Steine so sehr an, dass Simona und Alberto geblendet wurden. Sie stiegen einige Kehren hinauf, bald hatten sie die Waldgrenze auf etwa 2.000 Meter erreicht. Vor ihnen bauten sich brüsk die gelb-grauen Dolomitenzacken des Schlerngebietes auf. Überall im Felsen konnte man Klüfte und Einkerbungen erkennen, Höhlen, die vielleicht einst den Hexen als Unterschlupf gedient hatten.

Unwillkürlich musste Simona an ihre Schwester Martha und diesen unnötigen Streit vor wenigen Tagen in Kaltern denken. Sollte sie doch mit Hartwig glücklich werden, ihr konnte es ja egal sein. Hauptsache sie selbst musste diesen eingebildeten Schnösel nicht heiraten. Geld, ja, davon hatte er genug, aber glücklich machen konnte er sie nicht. Dies vermochte nur der König selbst.

„Simona, bitte. Konzentriert Euch. Ich will nicht die Retter in Bergnot rufen müssen", bat Alberto sie in freundlichem Ton.

Simona nickte und setzte den Kletterhelm auf. Alberto ließ sie vorsteigen. Langsam und mit sicheren Bewegungen arbeiteten sie sich Stein um Stein und Block um Block in die Höhe, vorbei am Bärenloch, bis sie schließlich auf der Anhöhe standen, von der aus sie schon das Tierser Alpl erkennen konnten.

Ihr Ziel befand sich ein paar Hundert Meter vor der Hütte, in der jährlich Tausende Wanderer und Mountainbikefahrer ihre Knödel und Hirtennudeln vertilgten: Es war die winzige, hinter einen Felsblock gebaute, steinerne Hütte, in der der König von Tiers seinen Unterschlupf hatte. Zwar befand sie sich gerade einmal hundert Meter unter dem Wanderweg, doch nur wissende Augen konnten sie erkennen. Für Touristen war sie unscheinbar, ja fast unsichtbar.

Hier in diesem Unterschlupf war Angerer ein anderer, nicht der reiche, galante Hotelier, der jeden mit seinem Charme betören konnte. Hier oben wurde er zu König Laurin in seinem Felsenreich, dem sich nur wenige Personen nähern durften: seine Auserwählte Simona, die kleine Hannah und im Ausnahmefall auch seine Diener. Kam ein anderer des Weges und lugte neugierig durch das kleine, dunkle Fenster hinter der Hütte, so riss der König es auf und der Störenfried durfte, wie er es ausdrückte, am Lauf seines Jagdgewehrs schnuppern.

Alberto ging vor und öffnete die hölzerne Tür zu der kleinen Hütte. Simona sah sich um, in dem weißen Holzofen war noch Glut, der König musste also vor nicht allzu langer Zeit hier gewesen sein. Auf dem Bett lag eine rote Rose mit einer kleinen Grußkarte: *In Bälde, liebreizende Maid, werdet Ihr wieder seyn die Meine.* Sie lächelte und legte die Grußkarte sachte auf den kleinen Beistelltisch.

„Etwas stimmt hier nicht", brummte Alberto und sah sich auf den wenigen Quadratmetern um, die mit allerlei Engelsfiguren, Lichtern und Jagdtrophäen geschmückt waren. Ein Tierschädel, der sonst über dem Ofen hing, lag auf dem Boden. Alberto hob ihn auf und hängte ihn an seinen Nagel zurück. „Jemand war hier."

„Natürlich, Alberto", sagte Simona entzückt. „Ulrich war hier. Sieh nur, diese wunderschöne Rose."

„Nein, ich spreche von einem Eindringling", sagte er dann und zeigte auf die Wand neben der Bettstatt. „Das Gewehr fehlt. Das hätte der König niemals mitgenommen."

Simona wunderte es wenig. „Vielleicht ist er zur Jagd gegangen?"

Alberto schüttelte den Kopf. „Ich muss ihn suchen. Du bleibst hier, aber sieh dich vor und verriegle die Tür. Und wenn du dich beobachtet fühlst, mischst du dich unter die Wanderer am Tierser Alpl, weit ist es ja nicht bis dorthin. Wir treffen uns am späten Nachmittag wieder hier. Behüt Euch Gott, Simhilde!"

Filippo Magnabosco

Magnabosco wurde gegen fünf Uhr an diesem Morgen durch einen Anruf aus der Polizeizentrale geweckt. Ein Jäger, der gerade auf die Pirsch gehen wollte, hatte auf dem Parkplatz unweit des Hotels Sagenwelt in St. Zyprian einen Jeep gefunden. In dem Wagen saßen drei tote junge Männer, die offensichtlich aus nächster Nähe erschossen worden waren.

Magnabosco und Carmela sprachen kaum miteinander, als sie die kleine Tierser Straße hinauffuhren. Edoardo mussten sie mit zum Tatort nehmen, um diese Uhrzeit fand sich auf die Schnelle kein geeigneter Babysitter.

Er schlief seelenruhig, während Magnabosco sich bereits den Anblick der drei Toten ausmalte. Es half ihm, sich wenigstens ein bisschen auf den furchtbaren Anblick der Leichen vorzubereiten, an den er sich wohl nie gewöhnen würde.

„Ich habe Angst", sagte Carmela plötzlich. „Die Toten machen mir Angst."

Magnabosco erkannte, dass ihre Hände zitterten. „Nicht die Toten sollten uns Angst machen, vielmehr die Lebenden. Die Toten verdienen unser Mitgefühl."

Carmela nickte. Sie sah Magnabosco kurz an, ihre Augen waren von der kurzen Nacht geschwollen, sie war blass.

„Wir werden diesen Fall lösen, das verspreche ich dir. Und danach machen wir Urlaub", sagte Magnabosco. „Aber nicht im Hotel Sagenwelt."

*

Es war ein grauenhafter Anblick, der sich den Ermittlern bot, sehr viel grauenhafter, als Magnabosco ihn sich auf der Fahrt ausgemalt hatte. Drei junge Männer saßen tot in dem bulligen Wagen, die Fenster waren zerbrochen, die Innenausstattung durchlöchert und voller Blut. Durch das klaffende Loch in der Windschutzscheibe konnte er die gesplitterten Schädelknochen des einen erkennen, der andere hatte nur mehr ein Auge, an der Seitenwand löste sich gerade eine Substanz, die sich vermutlich noch vor wenigen Stunden in seinem Kopf befunden hatte. Der Mund des einen Toten war noch erkennbar, er musste bei dem Massaker laut geschrien haben, er stand grotesk weit offen. Der Kugelhagel hatte ihre Brustkörbe durchlöchert, ihre hellen T-Shirts waren von dunkelroten Flecken übersät.

Magnabosco musste immer wieder schlucken und gegen die aufsteigende Übelkeit ankämpfen. Carmela, die schon auf der Fahrt Angst gezeigt hatte, hielt sich an einem parkenden Wagen fest. Sie war kreidebleich.

„Gruber, guten Morgen. Was wissen wir?", fragte Magnabosco und versuchte vorsichtig, die Beifahrertür zu öffnen. Sie ließ sich nicht bewegen.

„Achtung, da hat jemand eine Seidenschnur um das Auto gewickelt. Die muss die Spurensicherung aber noch fotografieren, dann können wir sie abnehmen", erklärte der Gerichtsmediziner. „Also, ich schätze, die drei jungen Männer im Auto sind Mitte zwanzig. Es war eine Hinrichtung, vermutlich hat sich der Täter oder die Täterin von hinten an den Wagen angeschlichen, als sie gerade aussteigen wollten. Der Beifahrer hatte keinen Sicherheitsgurt angelegt, der Junge hinten auch nicht. Nur der Fahrer ist noch angeschnallt. Da sind übrigens Reifenspuren, ich schätze mal, dass unser Schütze mit einem leichten Motorrad unterwegs war."

Magnabosco nickte und wies einen Kollegen an, Abdrücke von den Reifenspuren zu machen. Ein weiterer Beamter machte ein paar Fotos von dem Seidenfaden, der die Türen blockierte. Dann gab er das Auto zur Untersuchung frei.

Magnabosco lieh sich von Gruber ein Messer und durchschnitt die nahezu transparente, sehr dünne Schnur.

„Was soll das mit dieser Angelschnur?", fragte Gruber neugierig.

Carmela näherte sich langsam dem Auto. Ihr Gesicht hatte nun wieder ein wenig Farbe angenommen. „Es gibt hier oben einen Mann, der ist wie *Re Laurino*", sagte sie nachdenklich.

„Aber König Laurin hatte doch seinen Rosengarten und ein Kristallreich. Angeln gehörte wohl eher weniger zu seinen Hobbys."

„Ja, aber in Geschichte steht, dass er seine Rosengarten mit eine Faden schutzt. Vor die Einbrecher."

„Nicht vor den Einbrechern, sondern vor den Männern des Königs von der Etsch", entgegnete Gruber.

„Richtig", sagte Carmela und sah Gruber mit leuchtenden Augen an. „Kennen Sie gut die Märchen von Sudtirolo?"

Gruber nickte. „Es gibt so viele Mythen um den Rosengarten wie Bestecke in meinen Schubladen in der Pathologie. Aber in einem waren sich alle Geschichtenerzähler einig: dass zwischen dem König von der Etsch und König Laurin erbitterte Feindschaft herrschte."

„Es reicht!", sagte Magnabosco und machte ein wütendes Gesicht. „Leute, wir haben hier einen dreifachen Mord. Drei junge Männer sind tot. Ein Typ hier oben hält sich für König Laurin und glaubt, junge Frauen entführen zu dürfen und mit Gewehren auf andere Leute schießen zu müssen. Wahrscheinlich finden wir Simona auch nur noch tot. Und nun helft mir endlich, ihre Ausweise zu suchen."

„Aber Capo", versuchte Carmela den aufgebrachten Kommissar zu beruhigen, „in diese Märchen finden wir vielleicht die Lösung von die Fall. Und Simona lebt bestimmt. Ihr ist es gut gegangen bei Laurino."

„Wer war noch mal der Ritter, der den Kampf um Simhilde gewonnen hat?", fragte Gruber nun.

„Wer ist denn nun schon wieder Simhilde?", fragte Magnabosco und untersuchte den Inhalt des Handschuhfaches. Dabei stieß er an den Körper des jungen

Mannes, der tot auf dem Beifahrersitz saß. Durch die Bewegung fiel sein Kopf vornüber.

„Aha", machte Gruber, „noch keine Leichenstarre bei dem jungen Herrn. Also, Simhilde war die Tochter des Königs von der Etsch, in die sich der Zwergenkönig Laurin unsterblich verliebt hatte. Er wurde aber nicht zu den Ritterspielen eingeladen, bei denen Simhilde als Preisgeld und Braut verschachert wurde. Den Kampf gewann Hartwig, aber Laurin kam ihm zuvor und entführte Simhilde. Er zog sich seine Tarnkappe auf, kam auf seinem Pferd dahergaloppiert und stahl dem jungen Ritter die Braut", erklärte Gruber.

„Artewigge", sagte Carmela. „Er hieß wie der Freund von Martha."

„Und was hat Hartwig gemacht? War ihm seine Braut genauso piepegal wie unserem Hartwig Ploner?", mischte sich Magnabosco ein.

„Nein", sagte Gruber nun und maß nebenbei die Körpertemperatur der drei Leichname. „Dreißig Grad. Sie sind erst seit ein paar Stunden tot. Meine Güte, was für ein Gemetzel. Das wird ein Spaß, die Blutspuren zu sortieren. Ach ja, der Hartwig aus dem Märchen ist natürlich gleich zum König von der Etsch gerannt und hat Alarm geschlagen. Daraufhin sind sie mit der ganzen Mannschaft in den Rosengarten gezogen und haben Laurin und Simhilde gesucht. Der Zwerg hat sich zwar mit einem Zaubergürtel zu wehren gewusst, war aber nicht stark genug, um die Ritter in die Flucht zu schlagen. Simhilde hat versucht, den Streit zu schlichten, indem sie sich gezeigt und gesagt hat, dass der Laurin eigentlich ein ganz netter Typ sei. Und den Rest der Story kennst du doch wohl hoffentlich, Filippo, oder?"

„Und außerdem hatte der Hartwig aus der Sage vermutlich auch keine Affäre mit Simhildes Schwester, oder?", fragte Magnabosco und betrachtete die beiden Ausweise, die er in den Hosentaschen der Toten gefunden hatte. „So, wir haben hier einen gewissen Wolfgang Gallmetzer, einen Wilfried Christanell und einen Unbekannten ohne Ausweis. Den Rest dann nach der Märchenstunde, oder, Gruber?"

Der Pathologe nickte. „Viel Erfolg, Magnabosco. Und passt im Wald auf, dass euch nicht der Partschott erwischt."

Magnabosco verdrehte die Augen. „Wer ist der denn nun schon wieder?"

„Der hatte auch große Probleme mit *Re Laurino*. Grazie, dottore Gruber", sagte Carmela freundlich. „Erzähle ich dir in Auto, Filippo, komm, ist eine super Geschichte!"

*

Sie hatten den Wagen nur etwa fünf Meter vom Tatort entfernt geparkt und das hintere Fenster offen gelassen, schließlich sollte der kleine Edoardo auch genügend Luft bekommen, während sich die Ermittler des grausamen Tatorts und der erschossenen Männer annahmen. Außerdem hatten sie das Radio eingeschaltet, damit er sich nicht alleine fühlte.

Als sich Magnabosco und Carmela zum Auto umdrehten, sahen sie, wie ein Herr durch das Rückfenster in den Wagen sah und ihr kleines Findelkind belustigte. Der Mann schnitt Grimassen und klopfte immer wieder an die Scheibe. Magnabosco stoppte Carmela. Er hatte den Journalisten Schmalzl erkannt.

„Der schon wieder", knurrte er. „Na, der kann was erleben, unseren Sohn zu belästigen ..." Schon wollte er sich die Ärmel nach oben schieben und im Stechschritt auf den Mann von der Presse zugehen, um ihn davonzujagen.

Doch Carmela hielt ihn zurück. „Nein, Filippo. Nicht streiten. Gibt nur Probleme. Werde ich mit ihm sprechen. Wie heißt er noch mal?"

„Andreas Schmalzl. *Eisacktaler Presse*", brummte Magnabosco. Er kochte vor Wut.

„Signor Schmalzone, buongiorno", begrüßte ihn Carmela mit übertriebener Freundlichkeit und streckte ihm die Hand entgegen.

Schmalzl erschrak und drehte sich zu den beiden Polizisten um. „Verzeihung", sagte er mit verlegenem Lächeln, „wer ist denn der kleine Mann in Ihrem Dienstwagen?"

„Der Staatsanwalt", erklärte Carmela fröhlich. „Was tun Sie hier, signor Schmalzone?"

„Schmalzl. Nun, ich gehe meiner Arbeit nach. Man muss mit den Leuten reden, um am Puls der Zeit zu sein. Ich habe von einem Mord gehört. Können Sie schon sagen, wer das Opfer ist? Wurde es identifiziert?"

„Aber Herr Schmalzone, dafür gibt es Pressekonferenz. In ein paar Tagen kriegen Sie bestimmt E-Mail mit Termin."

„So lange wollen wir doch die Bevölkerung nicht warten lassen. Wir müssen die Leserschaft darüber informieren, welche Gräueltaten in diesem wundervollen Land passieren. Hängt es vielleicht mit der Entführung der Weinkönigin zusammen?", bohrte Schmalzl weiter, während Carmela den kleinen Edoardo aus dem Kindersitz nahm und ihn wiegte. Sofort schloss er die Augen und schlief ein.

„Sie wissen da anscheinend mehr als wir, Herr Schmalzl", sagte Magnabosco nun, dem dieses Theater furchtbar auf die Nerven ging. „Wer hat denn behauptet, dass die Frau entführt wurde? Vielleicht ist sie ja auch einfach abgehauen, weil sie keinen anderen Ausweg wusste. Aber das werden wir sicher nicht hier und jetzt mit Ihnen ausdiskutieren."

„Vielleicht sollten wir Herr Schmalzone einfach die Tatort zeigen", schlug Carmela vor und sah dabei auf ihre Armbanduhr. Der Wagen mit den Leichen würde sicher in wenigen Sekunden an ihnen vorbeifahren, viel Zeit musste sie also nicht mehr schinden. „Dann geht seine *sensazionismo* von alleine vorbei. Was meinst du, Filippo? Du weißt schon, *terapia shock* sagt man."

„Eine wunderbare Idee, danke Ihnen", sagte Schmalzl hocherfreut und wollte schon weitergehen, als Carmela ihn bat, ihr kurz den kleinen Edoardo abzunehmen.

„Bitte, Herr Schmalzone, nur eine Minute. Ich muss schnell Windel holen. Ich glaube, Edoardo hat in die Hose gemacht."

Schmalzl sah das Bündel, das er nun zwischen den Händen hielt, angewidert an und sah sich suchend nach Magnabosco um. Dieser war gerade in den Wald verschwunden und rief, dass er gleich wieder da sein würde.

„Ecco, Edoardo, siehst du, zio Schmalzone kümmert sich gerne um dich", kokettierte Carmela, kramte noch etwas umständlich in ihrer Tasche herum und spitzte die Ohren. Endlich vernahm sie das Geräusch des Leichenwagens, der sich ihnen näherte und dann auf die Straße in Richtung Tiers abbog. Nun nahm sie Schmalzl das Kind ab, legte es wieder in seine Schale auf dem Rücksitz und verabschiedete sich von dem Journalisten, ohne Edoardo zu wickeln. Auch Magnabosco setzte sich in den Wagen. Sie winkten Schmalzl kurz zu und beobachteten lachend, wie er mit stocksaurem Gesichtsausdruck sein Handy auf den Boden schmiss.

„Danke, Herr Staatsanwalt", sagte Magnabosco grinsend und drehte sich zu Edoardo um.

„Filippo ... du hast vorhin etwas so Schönes gesagt", bemerkte Carmela leise.

„Was denn?", fragte Magnabosco.

„Du hast gesagt, unsere Sohn ...", flüsterte Carmela.

„Na, immer noch besser, als ihn als Staatsanwalt zu bezeichnen, oder?", entgegnete Magnabosco und sah noch einmal auf den Rücksitz. Edoardo war mit einem Lächeln auf den winzigen Lippen eingeschlafen.

Carmela Pasqualina

Carmela Pasqualina stand vor der Kellerei in St. Pauls und läutete an dem Privathaus der Pardellers. Erst Minuten später wurde die Tür geöffnet.

Elisabeth Pardeller schien seit ihrem Zusammenbruch um Jahrzehnte gealtert zu sein. Carmela erschrak, als sie das fahle Gesicht der sonst so gepflegten Dame sah. Sie trug einen Morgenmantel und Hausschuhe und bewegte sich langsam. Fast befürchtete Carmela, sie würde jeden Moment wieder in Ohnmacht fallen.

„Frau Pardeller, wie geht es Ihnen?", fragte sie freundlich.

„Furchtbar. Furchtbar geht es mir. Ich habe Angst."

„Das kann ich verstehen", beteuerte Carmela und ging ihr nach. Frau Pardeller setzte sich schwerfällig auf das Sofa und bat ihr einen Sessel an.

Wieder fiel Carmelas Blick auf die vielen Familienfotos, von denen nur wenige Martha zeigten. Schweren Herzens musste sie der Frau nun auch noch beibringen, dass drei junge Männer, die sich vermutlich auf die Suche nach Simona begeben hatten, tot waren.

„Frau Pardeller, wir tun alles, um Simona zu finden. Aber wenn Sie uns nicht helfen ... wir wissen nicht, wo wir noch suchen sollen. Die ganze Polizei ist unterwegs, mit Hunde, die Bergrettung, alle. Aber nix. Wir finden sie einfach nicht. Hat sie sich vielleicht absichtlich versteckt? Ist es wegen Artewigge? Will sie vielleicht gar nicht heiraten?"

Elisabeth Pardeller holte tief Luft, schloss die Augen und begann endlich, alles zu erzählen. Sie berichtete von ihrer Liebschaft mit Ulrich Angerer, die gleich in den Flitterwochen mit Dieter im Hotel begonnen und über Jahre angedauert hatte. Sie betonte, wie sehr sie ihren Mann liebte und dass sie ihn niemals für Angerer verlassen hätte, dass sie jedoch dem Charme des Mannes aus Tiers einfach nicht widerstehen konnte. Seine Stimme, seine Art, sich auszudrücken, sein Wortwitz, seine Klugheit, sein Wissen, sein Charisma, sein elegantes Aussehen – all diese Dinge hatten sie immer wieder in seine Arme getrieben. Ganz besonders heftig war ihre Liebe zu ihm entflammt, als es nach ein paar Jahren zwischen ihr und Dieter zu einer Ehekrise gekommen war, weil sie unbedingt Kinder wollte und es mit Dieter nicht klappte.

„... und dann bemerkte ich, dass ich schwanger war", schloss Elisabeth mit tränenerstickter Stimme ihren Bericht.

„Schwanger von ... Angerer?", fragte Carmela vorsichtig.

Elisabeth Pardeller nickte. „Und zwei Jahre später habe ich Simona bekommen."

Carmela verstand. „Martha und Simona sind beide Töchter von König von Tiers."

Wieder nickte Elisabeth Pardeller. „Sie müssen Simona finden", sagte sie nun flehend. „Die beiden dürfen nicht zusammen sein. Er ist ihr Vater! Das ist alles so furchtbar. Bitte, Sie müssen hinaufgehen, kurz vor dem Tierser Alpl, da gibt es eine winzige Hütte. Dort versteckte Ulrich sich manchmal. Wahrscheinlich hat er sie dort hingebracht. Diese Hütte liegt nur ein paar Hundert Meter vom Alpl entfernt." Elisabeth Pardeller schluchzte laut auf.

„Das sagen Sie erst jetzt? Wo genau ist diese Hutte?", fragte Carmela. „Können Sie mir auf die Karte zeigen?"

„Ich wusste doch nicht, dass das wichtig war. Außerdem war ich seit über zwanzig Jahren nicht mehr dort. Ich glaube, man kommt von mehreren Seiten zu der Hütte. Mit bloßem Auge erkennt man sie kaum, sie ist direkt an einen Felsen gebaut und hat früher den Hirten bei schlechtem Wetter als Unterschlupf gedient."

„Und dort versteckt Angerer sich?"

„Ulrich hat zwei Gesichter, Frau Pasqualina. Er ist der Hotelier, den Sie selbst ja auch kennengelernt haben und in den ich mich verliebt hatte. Aber wenn Ulrich seine Kappe aufsetzt, wird er zu einem anderen Menschen, grantig und eigenbrötlerisch. Dann will er mit anderen nichts mehr zu tun haben. Nur bestimmte Leute waren damals auf der einsamen Berghütte, ich zum Beispiel und ein paar wenige Hotelangestellte. Im Hotel hat er sie seine ‚Kollegen' genannt, dort oben seine ‚Diener'. Im Hotel war ich seine ‚Dame', dort oben seine ‚Maid'. Aber ich habe das nicht nur akzeptiert, es hat mich richtiggehend fasziniert. Er hat ja auch niemandem etwas Schlimmes getan. Nur, dass er jetzt eine Affäre mit seiner eigenen Tochter hat …"

„Davon weiß er vermutlich selbst auch nichts, oder, Frau Pardeller?", fragte Carmela.

Elisabeth Pardeller schüttelte den Kopf. „Von mir weiß er es jedenfalls nicht."

*

„Schon wieder so ein Bild!", polterte Dieter Pardeller und betrat die Wohnstube. Die beiden Frauen erschraken. Carmela blieb still und nahm sich vor, Elisabeths Geheimnis vorerst für sich zu behalten.

„Was ist denn passiert, Dieter?", fragte seine Frau und schnäuzte sich leise.

„Das hier", rief er und wedelte mit einem Papier, „das habe ich im Briefkasten gefunden. Wieder eine Laurinzeichnung."

Carmela zog ihre Latexhandschuhe an, nahm die Zeichnung entgegen und steckte sie in eine Plastikfolie. „Dieses Mal der Kampf. König Laurin, der gegen die Ritter von König von Adige kämpft. Wer hat dieses Bild gebracht?"

Pardeller hob ratlos die Hände. „Ich weiß es nicht. Ich weiß nicht mehr weiter. Ich will doch nur meine Tochter zurück. Sie muss doch irgendwo sein."

„Die Polizei tut alles, was sie kann", versuchte seine Frau ihn zu beruhigen. Er begann nun ebenfalls zu weinen.

„Wir haben leider noch eine traurige Nachricht, Herr Pardeller", sagte Carmela nun leise. „Ihre Freunde …"

„Nein", rief Dieter Pardeller nun und geriet in Panik. „Hat dieses Monster etwa …? Nein, bitte sagen Sie, dass das nicht wahr ist!"

„Ja, leider wurden die drei getotet. Aber wer wirklich das Monster ist, ist noch nicht klar. Hatten Sie in letzter Zeit Kontakt zu Artewigge?", fragte Carmela und ging einen Schritt zurück. Sie musste Abstand zu den Eltern gewinnen, auch wenn dieser nur physisch war.

Die beiden verneinten. Seitdem Martha wieder auf dem Gutshof war, hatte er sich nicht mehr bei ihnen gemeldet.

„Danke, wir rufen an, wenn wir etwas finden", sagte Carmela zum Abschied.

Was für eine *famiglia*, dachte sie und rief sofort Magnabosco an, um ihm von der kleinen Berghütte unterhalb des Tierser Alpls zu berichten.

Hartwig Ploner

„Herr Ploner, bitte", sagte Magnabosco mit rauem Tonfall und ließ ihn auf dem harten Stuhl im Vernehmungsraum Platz nehmen.

„Kann ich einen Kaffee haben?", fragte Ploner, gähnte und streckte sich.

„Nein. Wir sind nicht zum Kaffeekränzchen hier, sondern um Ihre zukünftige Frau zu finden und um einen dreifachen Mord aufzuklären. Ich gehe davon aus, dass Sie bereits wissen, um wen es sich handelt?", erklärte Magnabosco. Er bemühte sich, sachlich zu bleiben.

Ploner schluckte, sein Adamsapfel hüpfte hoch und senkte sich wieder. Dann sah er den Kommissar mit großen Augen an. Die Pressekonferenz hatte noch nicht stattgefunden, der Mord war erst an diesem frühen Morgen geschehen, er konnte es also zumindest nicht aus der Zeitung erfahren haben.

„Keine Ahnung, wer wurde denn abgemurkst?" Die Nachfrage kam spät, zu spät, um sich nicht verdächtig zu machen.

„Ein paar Freunde Ihres Schwiegervaters in spe", erklärte Magnabosco und beobachtete genau die Pupillen des jungen Mannes, die allerdings vom letzten Joint noch immer so groß waren, dass er keine unbewusste Regung darin feststellen konnte. „Gut, was haben Sie heute früh zwischen fünf und sieben Uhr getan?"

„Och … mmmh … naja", machte Ploner und kicherte fast ein wenig. „Da habe ich meine Schwägerin in spe gevögelt."

„Na, wie schön für Sie, dann kann sie uns das ja bestimmt bestätigen. Sie haben vermutlich verhütet?", fragte Magnabosco.

Ploner machte ein irritiertes Gesicht. „Was geht Sie das an, Bulle?"

„Nun, Herr Ploner, falls nicht, ist das für Sie im Moment von Vorteil. Wenn Martha einverstanden ist, schicken wir sie schnell zu einem Gynäkologen, der dann ihr Alibi bestätigen kann … oder eben auch nicht. Sagen Sie mal, was machen Sie eigentlich beruflich?"

„Ich stehe kurz vor dem Abschluss zum Landschaftsarchitekten", erklärte Ploner.

„Schon wieder ein Gärtner", brummte Magnabosco und dachte an seinen letzten Fall. „Nur mal so aus Neugierde, besitzen Sie zufällig ein leichtes Motorrad? So eine Trial, oder wie man die nennt?"

Dieses Mal war das Leuchten in Ploners Augen nur schwerlich zu übersehen.

„Nein, ich fahre lieber Cabrio", behauptete er. „Und ein Gewehr besitze ich auch nicht, falls das Ihre nächste Frage gewesen wäre, Herr Kommissar."

„Nein, warum sollte ich Sie das fragen?", entgegnete Magnabosco. Wie einfach Ploner es ihm doch machte.

„Hatten Sie mich nicht nach den ermordeten Freunden meines Schwiegervaters gefragt?"

„Ja", bestätigte Magnabosco. „Aber wer hat behauptet, dass sie erschossen wurden? So, Herr Ploner, Sie bleiben jetzt erst mal bei uns. Dann haben Sie vierundzwanzig Stunden Zeit, um nachzudenken, wie Sie aus dieser Bredouille wieder rauskommen."

Magnabosco ließ Ploner abführen. Gleich darauf klopfte eine Beamte und ließ Martha eintreten, die er nun ebenfalls zu verhören gedachte, auch wenn er ihr den Mord an den drei Männern nicht zutrauen wollte.

„Guten Tag, Herr Kommissar", sagte sie leise und mit gesenktem Blick. Das Muttermal an ihrem Mundwinkel sah traurig aus.

„Martha ... wie geht es Ihnen? Hat man Sie gut wieder aufgenommen?", fragte Magnabosco freundlicher als beabsichtigt.

Martha nickte. „Aber ich konnte nicht bleiben. Ich musste einfach weg. Ich schäme mich so sehr. Ich ..."

„Na, na, na, ist ja gut. Nun haben Sie mit den Hofbesitzern alles geklärt, hoffe ich, oder?" Er widerstand dem Drang, über ihre blasse Wange zu streicheln. Reiß dich zusammen, schimpfte seine innere Stimme, die Frau ist verdächtig und will dich nur wieder um den Finger wickeln.

„Ja, alles ist gut. Haben Sie meine Schwester gefunden?", fragte Martha und sah ihn an. Ihre dunklen Wimpern glänzten, als habe sie gerade erst geweint.

„Nein, leider nicht. Ich muss Sie jetzt etwas sehr Persönliches fragen."

„Was denn, Filippo?", fragte Martha nun und sah ihn mit einem breiten, weißen Lächeln an.

„Woher wissen Sie meinen Vornamen?", erschrak Magnabosco.

„Ihre Freundin ... also die Polizistin. Sie hat Sie so angesprochen. Wo ist sie eigentlich? Sie ist nett ..."

Magnabosco lächelte ein wenig verlegen. „Sie kümmert sich ... ach, das darf ich Ihnen doch alles gar nicht sagen. Zurück zu meiner Frage: Haben Sie letzte Nacht mit Hartwig Ploner verkehrt?"

„Verkehrt? Verkehrt herum geschlafen?", fragte sie lachend. „Wovon sprechen Sie, Herr Kommissar?"

Magnabosco spürte, dass ihm warm wurde. Er schwitzte und versuchte, das Muttermal zu fixieren, um sich nicht wieder in ihren blauen Augen zu verlieren.

„Haben Sie mit ihm geschlafen? Also, hatten Sie Sex?", fragte er noch einmal und bemerkte, wie heiser er war. Er räusperte sich und versuchte, seine Atmung zu kontrollieren.

„Oh ja", sagte Martha und nickte heftig. „Es war ganz wunderbar. Schade nur, dass er diese Probleme hat. Wissen Sie, wenn er Marihuana geraucht hat, kommt es nie bis ganz zum Ab... also, bis zum Schluss."

„Um wie viel Uhr war das etwa?", hakte Magnabosco nach. Er atmete tief durch und nahm Marthas Körpergeruch war. Lavendel, schoss es ihm durch den Kopf. Letztes Mal hatte sie nach Myrrhe geduftet. Er atmete noch einmal tief ein. Völlig betört starrte er ihr Muttermal an.

„Ich weiß es nicht mehr, Filippo. Ich sehe dabei eigentlich nie auf die Uhr. Sind Sie etwa eifersüchtig?", fragte Martha und zwinkerte Magnabosco nun auch noch zu.

„Was?", fragte er. Er stand auf, ihm schwindelte. Er brauchte dringend frische Luft und einen starken Kaffee mit Zucker. Oder auch ohne Zucker. Magnabosco hielt sich an dem leeren Stuhl fest und sah in Marthas tiefblaue Augen. Erst jetzt erkannte er, dass sie winzig kleine, schwarze Sprenkel in der rechten Iris hatte.

„Ach Filippo, nimm es nicht so schwer", raunte sie nun und erhob sich von ihrem Stuhl. Sie ging auf ihn zu und streckte einen Finger aus, um ihn zu berühren. In ebendiesem Moment fand Magnabosco unter dem Tisch im Vernehmungsraum den kleinen, erlösenden Alarmknopf.

Sofort öffnete sich die Tür, die Beamtin kam herein und führte die Schlernhexe nach draußen. Magnabosco blieb schwer atmend zurück, tastete nach seinem Automatenschlüssel und schleppte sich zum nächsten Kaffeeautomaten in der Quästur. *Fuori servizio,* hatte man auf einen Zettel geschrieben, Gerät außer Betrieb.

Hannah

Filippo Magnabosco sah auf die Uhr seines Armaturenbretts. Es war acht Uhr morgens, sein Magen knurrte. Er schloss die Augen und ließ den Hinterkopf gegen die Kopfstütze seines Wagens sinken, den er in der Nähe des Privathauses der Pardellers geparkt hatte, in der Hoffnung, irgendetwas oder irgendjemanden zu entdecken, der sie in diesem verzwickten Fall weiterbringen würde.

„Nur fünf Minuten schlafen", bat er Carmela.

Carmela sah ihn an, auch sie hatte graue Schatten unter den Augen.

„Wir müssen ihn zurückbringen", sagte Magnabosco traurig. „Wir schaffen das nicht. Wir können nicht vierundzwanzig Stunden am Tag arbeiten und uns gleichzeitig um Edoardo kümmern. Außerdem ist er nicht unser Kind. Es geht einfach nicht."

Carmela senkte den Blick, unwillkürlich traten Tränen in ihre Augen und sie begann, leise zu weinen. „Filippo bitte ... Edoardo braucht uns. Er kann nicht bei Clara bleiben. Ich will ihr Kind nicht wegnehmen, aber bei uns hat er es gut. Wir haben Arbeit, wir sind wie *mamma e papà*. Er weint fast nie. Er schläft dauernd. Ist liebe Kind. Ich verstehe, dass das nicht einfach ist fur dich. Aber du hast gleiche Gefuhle wie ich, das spure ich. Bitte uberlege noch ein bisschen."

Magnabosco ertrug es kaum, Carmela so zu sehen. Umständlich nahm er sie in den Arm und trocknete ihre Tränen. Carmela war keine Frau, die grundlos weinte. Ihre Sorge um Edoardos Wohlbefinden war ehrlich.

„Ist ja gut, wir kriegen das schon irgendwie hin", rutschte es Magnabosco plötzlich heraus. Am liebsten hätte er diese Worte sofort zurückgenommen, weckten sie in Carmela doch nur die Hoffnung auf ein unverhofftes Familienglück. Andererseits hatte sie vielleicht ja auch recht. Besser als bei Clara war Edoardo bei ihnen aufgehoben, auch wenn er sie ständig im Dienst begleiten musste und an Tatorten gefüttert und gewickelt wurde.

Magnabosco wagte einen Blick auf den Rücksitz. Der Kleine schlief friedlich in seiner Schale. Eine Kollegin hatte ihm einen kleinen Plüschhund mit Polizeimütze geschenkt. Edoardos winzige Hand hielt ihn fest. Vielleicht würde er ja eines Tages bei der Hundestaffel arbeiten, dachte Magnabosco und musste lächeln.

„Filippo", rief Carmela plötzlich und zeigte auf einen Wagen, der etwa fünfzig Meter vor ihnen geparkt hatte. „Schau, die kleine Mädchen!"

Magnabosco erkannte das Mädchen aus der Tschamin Schwaige sofort wieder. Ihre leuchtend roten Haare glänzten in der Morgensonne. Sie sah aufmerksam nach links und rechts und überquerte die Straße. Dann ging sie auf Pardellers Privathaus zu, in ihrer Hand trug sie einen weißen Briefumschlag.

„Du musst vorsichtig sein, Filippo. Vielleicht hat sie Angst."

„Hast du nicht eben gesagt, ich sei wie ein *papà*?", fragte Magnabosco und lächelte. Dann stieg er aus und ging langsam zu dem kleinen Mädchen.

„Hallo", sagte er freundlich. „Erinnerst du dich an mich?"

Das Mädchen nickte. „Du warst bei mir daheim."

„Richtig. Toll, dass du das noch weißt. Was machst du hier?"

„Der Onkel Laurin schickt mich. Ich soll Oma und Opa einen Brief geben."

„Aha, dein Onkel Laurin also. Und was steht in dem Brief drin?"

„Weiß ich nicht. Ich glaube, es ist ein Bild", antwortete das Kind und zuckte mit den Schultern.

„Jetzt habe ich dich noch gar nicht gefragt, wie du heißt. Das war unhöflich von mir. Ich bin übrigens Filippo", stellte Magnabosco sich dem kleinen Mädchen vor.

Es betrachtete ihn kritisch. „Ich heiße Hannah. Bist du von der Polizei?", fragte es dann.

„Ja, genau. Woher weißt du das denn?"

„Weil da ein Blaulicht in deinem Auto ist", sagte sie und zeigte mit dem Finger auf Magnaboscos Wagen.

Er drehte sich um und erschrak kurz. Carmela hatte Edoardo auf den Arm genommen und das Blaulicht eingeschaltet. Nur gut, dass sie zumindest auf die Sirene verzichtet hatte.

„Hannah, du hast gesagt, dein Onkel hat dich geschickt. Wer sind deine Eltern?"

Hannah sah kurz zu Boden. Sie schien nachzudenken. „Ich habe ganz viele Eltern."

„Was meinst du damit?", fragte Magnabosco.

Hannah hob die rechte Hand und zählte drei ihrer kleinen Finger ab. Dann streckte sie ihm die Hand entgegen.

„Drei Eltern also. Und deine Großeltern Dieter und Elisabeth und den Onkel Laurin?"

„Ja. Also meine Mama und meinen Papa. Und meine Mama Martha. Und meinen Onkel Laurin."

„Du meinst Ziehonkel", versuchte Magnabosco zu verstehen.

Hannah zuckte mit ihren kleinen Schultern.

Magnabosco war verwirrt, erschüttert und aufgewühlt. Hannah diente als Verbindungsstück zwischen den Familien. Sie war die Botin zwischen Dieter Pardeller, dem König von der Etsch, und Ulrich Angerer, genannt Laurin, dem König von Tiers. Er schüttelte ratlos den Kopf, nahm Hannah bei der Hand und ließ sich den Brief geben. Dann brachte er sie zu dem Auto zurück, aus dem sie zuvor ausgestiegen war.

Auf dem Fahrersitz erkannte er Malverio, den Angestellten des Hotels Sagenwelt in Tiers. Er erlaubte ihm, das Kind nach Hause zu fahren. Anschließend sollte er sich unverzüglich im Präsidium einfinden. Er und Carmela würden ihn dort in zwei Stunden erwarten.

*

Malverio saß im Vernehmungsraum. Hannahs Brief, in dem sich erneut eine Laurinzeichnung befand, lag mitten auf dem Tisch. Mit großen Augen sah Malverio Magnabosco an, er schien noch nicht verstanden zu haben, warum man ihn überhaupt vorgeladen hatte.

„Danke, dass Sie direkt zu uns gekommen sind. Wir hoffen, dass Sie uns bei der Suche nach Simona Pardeller weiterhelfen können."

Malverio antwortete, indem er seine buschigen, dunklen Augenbrauen fragend anhob.

„Kennen Sie Angerers Hütte?", begann Magnabosco die Befragung.

Malverio nickte. „Ich bin einmal dort gewesen. Ist aber schon eine Weile her."

„Können Sie uns den Weg dorthin beschreiben? Oder noch besser auf einer Karte einzeichnen?"

„Natürlich. Am einfachsten gelangt man über die Seiser Alm dorthin. Man steigt zu den Rosszähnen auf, geht am Tierser Alpl vorbei und ein paar Hundert Meter in Richtung Bärenfalle. Allerdings liegt die Hütte recht gut versteckt hinter einem Felsen. Vom Wanderweg aus ist sie nahezu unsichtbar."

„Danke", sagte Magnabosco. „Frau Pasqualina wird Ihnen nachher noch eine Karte ausdrucken, dort zeichnen Sie uns den Weg dann bitte ein." Magnabosco machte eine kurze Pause. Er war froh, dass wenigstens dieser junge Mann einigermaßen kooperativ war. „Wissen Sie mehr über die Familienverhältnisse der kleinen Hannah, die Sie vorhin nach St. Pauls gebracht haben?", fragte er weiter.

„Sie ist das Kind von Martha Pardeller. Man hat sie gleich nach der Geburt in die Hände einer Pflegefamilie gegeben, weil Martha zu labil war, um sich um das Kind zu kümmern."

„Wer ist der Vater?", fragte Magnabosco, obwohl er es längst wusste.

„Das weiß ich nicht, Herr Kommissar. Es geht mich ja auch eigentlich nichts an."

Magnabosco sah Malverio scharf an. Dieser zuckte kurz zurück.

„Hannah sprach von ihrem ‚Onkel Laurin'. Meinte sie damit Ulrich Angerer? Ist sie sein Kind?"

„Über die Liebschaften meines Königs spreche ich nicht, werter Büttel. Dazu bin ich nicht befugt."

Magnabosco wunderte sich wenig über die seltsame Ausdrucksweise seines Gegenübers. Eher hatte es ihn gewundert, dass er bis jetzt in zeitgemäßer Sprache geantwortet hatte. Er wartete wieder eine Minute ab, bevor er die nächste Frage stellte.

„Malverio ... ich darf Sie doch so nennen, oder? Fahren Sie Motorrad?"

Malverios Blick veränderte sich. Er sah richtiggehend traurig drein und streckte sein linkes Bein aus. „Schon lange nicht mehr", sagte er leise und hob das Hosenbein an. Er trug eine Beinprothese.

Magnabosco nickte verständnisvoll. „Wissen Sie, was vorgestern früh in Tiers geschehen ist?"

„Natürlich, das ist ja das Dorfgespräch Nummer eins. Ein dreifacher Mord kommt dort nicht jeden Tag vor, dem lieben Gott sei's gedankt."

„Wo waren Sie am besagten Morgen zwischen fünf und sieben Uhr?", fragte Magnabosco und hoffte inständig, dass dieser junge Mann ein gutes Alibi vorzuweisen hatte.

„Ich hatte Portierdienst im Hotel."

„Gibt es dafür Zeugen?"

„Ja, Martha Pardeller war im Hotel und hat dort sehr zeitig gefrühstückt. Die Bar war noch nicht einmal offen, da habe ich ihr einen Kaffee gemacht. Wir haben auch miteinander gesprochen."

Magnabosco fiel ein Stein vom Herzen. Fast hätte er gejubelt, endlich war er einen Schritt weitergekommen.

„Und Ihr Kollege Alberto? War er auch im Hotel?", fragte er nun.

„Nein, Alberto hat ein paar Tage Wanderurlaub genommen."

„Aha", machte Magnabosco. „Hat er zufällig auch gesagt, wo genau er hinwollte?"

„Was glauben Sie denn, Herr Magnabosco, wo es den ergebensten Diener des Königs hintreibt? Immer hinein in den Rosengarten."

Simona Pardeller

Simona öffnete eine Konservendose, nahm eine Gabel aus dem Schubfach neben dem kleinen Holzofen und aß langsam das eingekochte Rindfleisch. Ein wenig Brot hatte sie auch gefunden, zwar war es altbacken und hart, aber immer noch genießbar. Obwohl sie besseres Essen gewohnt war, schmeckte ihr diese sparsame Mahlzeit.

Sie fühlte sich schrecklich einsam. Alberto war zwischendurch noch einmal kurz vorbeigekommen, um nach ihr zu sehen, doch dann hatte er sich wieder auf den Weg ins Hotel gemacht. Sie hatte keine Angst, schließlich war sie nicht zum ersten Mal in dieser kleinen, spartanischen Hütte oberhalb der Bärenfalle. Doch allein war sie hier noch nie gewesen. Sie vermisste Ulrich so sehr, dass sie es fast körperlich spürte. Immer wieder roch sie an der Rose, die er ihr aufs Bett gelegt hatte, und las die wenigen romantischen Zeilen auf der Grußkarte.

Es hatte keinen Sinn, noch einmal nach draußen zu gehen. Starker Wind war aufgekommen und ließ die Holzbalken der Hütte knarren, außerdem wurde es bereits dunkel und sie riskierte, sich im Geröll zu verletzen oder zu verlaufen. In der Hütte war sie sicher – vor dem Wetter, vor der Kälte, vor ihren Eltern und vor Hartwig. Sie legte sich auf das weiche Bett, deckte sich bis zur Nasenspitze zu und schlief ein.

Ein leises Poltern und lautes Fluchen weckte sie plötzlich.

„Sakrament, ist's denn möglich, dass ich mir jedes Mal den Schädel an meinem eigenen Dachbalken zertrümmere?", knurrte Ulrich Angerer und stand plötzlich mitten in dem winzigen Raum.

Nachdem sie den ersten Schrecken überwunden hatte, lachte Simona vor Glück und stieg aus dem Bett. Erst jetzt spürte sie die klamme Kälte und fröstelte. Draußen heulte der Wind und zog durch das undichte Dach der Hütte.

„Haltet ein, edle Jungfrau, bleibt liegen in Eurer Bettstatt. Es ist eine kalte Nacht, so holt Ihr Euch nur Ungemach! Macht Euerm Wirt lieber ein wenig Platz, sodass er sich wärmen kann an Euerm holden Leibe", entgegnete Angerer.

Simona verneigte sich kurz, bevor sie, wie von ihrem König befohlen, wieder ins Bett stieg. „Man sucht mich, Ulrich", flüsterte sie, während Angerer sie zärtlich küsste.

„Ich weiß. Die ganze Gemark ist voller Büttel und Schergen, überall halten sie Ausschau nach Euch. Und nicht nur dies, drei Ritter hat man getötet, die wohl auf der Suche nach meinem liebzarten Kinde waren! Mir dünkt, sogar nach mir wird gefahndet."

„Wer? Wen hat man getötet?", rief Simona entsetzt und befreite sich aus Ulrichs Umarmung.

„Die Mannen deines Vaters Dietleib, erzählt man sich. Kommt wieder zu mir, zu lange habe ich mich nach Euch verzehrt!"

„Und wenn sie dich finden? Und dich einsperren? Dann muss ich dieses Schandmaul heiraten, das mit meiner Schwester schläft", schluchzte Simona. „Eher sterbe ich!"

„Gemach, mein Kind, gemach. Beruhigt Euch doch, das wird nicht passieren. Einen Laurin erwischt man nicht so einfach. Aber hier können wir nicht bleiben. Wir werden bei Tagesanbruch hinunter ins Hotel gehen. Es bleibt jetzt geschlossen, die letzten Gäste wurden bereits verabschiedet. Dort seid Ihr sicher und müsst nicht in dieser Kälte bibbern."

„Und dann? Ganz bestimmt gehe ich nicht zu meinen Eltern zurück. Ich gehöre doch zu dir", flehte Simona.

„Natürlich seid Ihr mein, meine holde Blume", raunte Angerer.

Simona drängte sich näher an ihn.

„Ihr bleibt einfach bei mir im Hotel. Ihr seid alt genug, um Eure eigenen Entscheidungen zu treffen. Eure Eltern werden es schon eines Tages verstehen."

Simona lächelte selig, während sie sich endlich liebten.

„Vielleicht möchten sie dich ja sogar kennenlernen", sinnierte sie.

„Ein schöner Gedanke, doch lassen wir uns damit noch Zeit. Sie werden erst deinen Sinneswandel verarbeiten müssen."

„Meinem Vater wird es nicht recht sein, aber meine Mutter wird Euch lieben, das spüre ich."

„Wie ist sie denn so, Eure Mutter?", fragte Angerer nun und streichelte Simonas Wange. „Sicher genauso reizend wie die eigene Tochter?"

„Sie ist die beste Mutter, die man sich wünschen kann. Und ich bin überzeugt, dass auch du ein wundervoller Vater wärst, Ulrich."

Angerer antwortete nicht.

Simona schloss ihre Augen und atmete tief den Körpergeruch ihres Geliebten ein, während sie ihr Liebesspiel langsam und unter vielen Küssen beendeten.

Dr. Alfred Gruber

Magnabosco betrat die Gerichtsmedizin. Eine junge Kommissarin kam gerade beschwingt durch die Tür herein und begrüßte ihn kurz. Magnabosco nickte freundlich, die Tür schloss sich automatisch hinter ihm. Er konnte Gruber nirgends entdecken, dabei hatte er ihn gerade eben zu sich bestellt. Vier Leichentische waren belegt, der Gerichtsmediziner schien derzeit schwer beschäftigt zu sein, wenn nicht sogar ein wenig überarbeitet.

„Gruber?", rief Magnabosco und las den Namen, der an der großen Zehe einer der Leichen hing, die mit weißen Leintüchern bedeckt waren. Diese herausschauenden toten Zehen hatten in Magnabosco schon immer einen leichten Grusel hervorgerufen. Wallner. Nein, diesen Toten kannte er nicht.

„Falsches Set, Magnabosco", sagte plötzlich eine Stimme hinter ihm. „Das ist ein Eishockeyspieler, den sie in der Bozner Eiswelle erstochen haben. Fall von Commissario Schwarz, eine ziemlich traurige Familiengeschichte."

„Meine ist auch nicht gerade amüsant", merkte Magnabosco an.

„Deine Familiengeschichte oder dein Fall?", fragte Gruber nun, ohne zu lächeln.

„Beide. Aber zerbrich dir nicht meinen Kopf. Was hast du für mich?"

„Also", begann Gruber seinen Bericht und deckte die Leichname der drei jungen Männer auf, ließ aber den Kopf des einen bedeckt. „Das hier willst du nicht sehen, sein Kopf ist komplett zermatscht", erklärte er, als Magnabosco ihn deshalb fragend ansah.

Der Kommissar nickte dankbar.

„Vermutlich hat unser Schütze oder unsere Schützin …"

„Nun hör schon auf mit dem Gendern", bat Magnabosco ihn ein wenig gereizt.

„Lass mich doch mal ausreden, Filippo. Vermutlich hat der Mörder oder die Mörderin …"

Magnabosco verdrehte die Augen.

„Also der Täter oder die Täterin hat wahrscheinlich ein Jagdgewehr mit zwei Schrotläufen und einem Kugellauf benutzt. Ihr habt ja keine Hülsen am Tatort gefunden, oder?"

Magnabosco schüttelte den Kopf. „Weder Hülsen noch Hülsinnen", bestätigte er und betrachtete die obduzierten Körper der drei Toten näher. Plötzlich überkam ihn eine heftige Neugier, den verdeckten Kopf doch noch zu sehen.

„Lass das, Magnabosco. Sonst kotzt du mir noch alles voll und musst sechs Monate in die Traumatherapie. Was ist überhaupt mit dir los? Du siehst aus, als hättest du drei Wochen nicht geschlafen. Carmela, eh? Wilde Südländerin, oder?", machte er und zwinkerte schelmisch.

„Gruber ... ich brauche Infos zur Tatwaffe", winkte Magnabosco ab.

„Gut. Benutzt wurde vermutlich ein sogenannter Drilling. Das heißt, wir haben zwei Schrotpatronen und ein Projektil, vermutlich 8 mm. Der Kopf von Wolfgang Gallmetzer weist eine normale Eintrittswunde und eine große Austrittswunde auf, ihn hat die Kugel erwischt. Die andern beiden wurden mit voller Wucht vom Schrothagel getroffen, unser Wilfried Christanell hat deshalb einen offenen Brustkorb, eine durchtrennte Wirbelsäule und Organe wie ein Schweizerkäse. Unser dritter Mann, wie hieß er noch gleich ...?"

„Thomas Hildebrand", sagte Magnabosco und musste bei dem Wort Schweizerkäse sofort an ein Raclette denken. „Pardeller nannte ihn Higgi."

„Eben ihm hat der Schrot den Kopf komplett zerfetzt. Der Unterkiefer ist teilweise noch intakt, der Rest ist hin."

„Danke, Gruber, sehr ausführlich", sagte Magnabosco und schüttelte sich vor Ekel.

„Aber mal im Ernst, Filippo, warum siehst du aus wie Hui Buh, das Nachtgespenst? Geht's dir nicht gut?"

„Alfred, du weißt doch, dass ich wie die Jungfrau zum Kind gekommen bin. Und Kinder schreien eben nicht nur tagsüber, sondern auch nachts. Carmela kümmert sich ja rührend, aber wir finden einfach den Ausschaltknopf für das Geheule nicht. Und wenn nebenan einer brüllt, kann ich einfach nicht ..."

Gruber hob die Hand.

Magnabosco verstummte.

„Ich habe da was für dich. Aber behalt es für dich. Wenn du mehr davon brauchst, komm wieder. Maximal zwei Stück pro Nacht, verstanden?"

Dann drehte er sich um, nahm ein weißes Päckchen aus dem Medizinschrank und steckte es in Magnaboscos Hemdentasche. Magnabosco grinste glücklich und bedankte sich bei dem Gerichtsmediziner. Als er ins Freie trat und die Packung öffnete, um seine Schlaftabletten zu begutachten, fand er in der Schachtel drei Paar Ohrstöpsel.

Elisabeth Pardeller

Ein wenig benommen vom Flug im Helikopter löste Magnabosco seinen Sicherheitsgurt, legte den Helm ab und stieg vorsichtig aus. Dann reichte er Carmela die Hand. Sie hüpfte neben ihm auf das Gras, das von den rotierenden Blättern des Hubschraubers gepeitscht wurde.

Sie gaben dem Piloten ein Zeichen, duckten sich und liefen zur Seite, der Helikopter hob ab und verschwand Sekunden später wieder am Himmel. Magnabosco streckte sich, atmete schwer und suchte sich einen Stein. Er musste sich setzen.

„Was ist los, Filippo? Komm, wir mussen Simona finden. Hutte ist gleich da unten."

„Ich komme ja schon. Mir ist nur schwindlig vom Fliegen. Gib mir ein paar Minuten, dann geht es schon wieder."

Carmela nickte und sah sich um. Das Tierser Alpl befand sich unweit von ihnen, Wanderer und Bergsteiger tummelten sich dort, laute, fröhliche Volksmusik wurde gespielt. Ein paar Kinder rannten vor der Hütte umher und spielten vergnügt.

„Hier kommen wir mit Edoardo her, wenn er groß ist", beschloss Carmela fröhlich. „Geht's besser, Capo?"

Magnabosco erhob sich schwerfällig von seinem Stein, streckte sich, sein Rücken machte ihm noch immer zu schaffen. Er nahm den kleinen Rucksack mit ein wenig Proviant und Trinkwasser auf und bemerkte in diesem Moment, dass er nur eine leichte Jacke über seinem T-Shirt trug. Als sie von der Landeshauptstadt bei zwanzig Grad gestartet waren, hatte er nicht bedacht, dass es auf 2.000 Meter etwas kühler sein würde. Zudem blies ein heftiger Wind einige dichte, schwarze Wolken umher, die die Sonne immer wieder verdunkelten.

„Da entlang", sagte Carmela und steckte ihr Handy weg. „Hutte ist etwa halbes Kilometer von hier weg."

Tatsächlich konnten Magnabosco und Carmela die kleine Hütte hinter dem Felsbrocken schnell ausmachen, obwohl sie vom Wanderweg aus kaum zu sehen war. Von außen glich sie eher einer Ansammlung alter Bretter. Näherte man sich ihr jedoch, erkannte man, dass es sich um eine richtige Behausung handelte.

Magnabosco wies Carmela an, hinter ihr zu bleiben. Er wusste nicht, ob sich jemand in der Hütte befand. Zudem stand Angerer in diesen Gefilden den Menschen angeblich eher feindselig gegenüber. Gerade als er in sein Halfter greifen wollte, um sicherheitshalber seine Waffe zu ziehen, bemerkte er, dass sich an ihrer Stelle eine Banane befand. Er zog die gelbe Frucht hervor und drehte sich irritiert zu Carmela um.

„Hast du mir eine Banane in das Halfter gesteckt?", fragte er sie.

„Du hast dauernd Hunger, Filippo ... und deine Waffe trägst du immer am Rücken. Wollte dir Uberraschung machen."

„Danke, aber das war keine gute Idee. Gib mir deine Pistole."

Artig nahm Carmela ihre Waffe und überreichte sie Magnabosco. Er entsicherte sie und klopfte an die Holztür.

Es blieb still.

„Aufmachen, Polizei!", rief er.

Er erhielt keine Antwort, nur ein wachsames Murmeltier stieß ganz in der Nähe schrille Warnpfiffe aus.

Magnabosco entriegelte die Tür und betrat vorsichtig Angerers winzige Hütte. Das Bett war zerwühlt, der Holzofen kalt. Jemand hatte etwas gegessen, eine Dose mit Fleischresten und Brotkrumen lagen auf dem kleinen Beistelltisch neben dem Bett. Carmela entdeckte eine langstielige, rote Rose und eine kleine Grußkarte.

„Sie war hier. Simona war hier, Filippo. Sie lebt", flüsterte sie nun erleichtert.

„Ja, und vielleicht war Angerer bei ihr. Aber sie sind schon wieder weitergezogen. Wer weiß, wie viele Hütten unser König hier noch besitzt."

„Alle Hutten, wenn er der König ist", erklärte Carmela resigniert.

„Wir können doch nicht alle Verschläge im Rosengarten abklappern. Da sind wir ja in drei Monaten noch unterwegs. Ich schaue mich noch mal draußen um", sagte Magnabosco und betrat den kargen Rasen vor der Hütte. Gerade noch rechtzeitig konnte er seinen

Fuß neben der Spur absetzen, die sich vor der Hütte abzeichnete.

„Unser Motorradfahrer muss hier gewesen sein. Was wollte er hier oben?", rief Magnabosco.

Nun trat auch Carmela aus der Hütte. In der Hand hielt sie einige Patronen, die zu einem Jagdgewehr passten.

„Er hat sich Gewehr ausgeliehen. Da, schau, habe ich in die Schublade gefunden. *Re Laurino* ist auch Jäger. Aber Gewehr fehlt."

„Meinst du Laurin oder Ulrich Angerer?", fragte Magnabosco.

Carmela sah ihn nachdenklich an. Dann zog sie ihr Notizheft hervor und schrieb in Großbuchstaben den Namen auf.

ULRICH ANGERER

„Ja, und?", fragte Magnabosco.

„Du musst Buchstaben umordnen. In die Name steckt LAURIN."

„Und wenn es doch Laurin-Angerer war und er die drei getötet hat, weil er Simona behalten will?"

„Angerer fährt nicht Motorrad. Außerdem ist Simona in ihn verliebt. Sie *will* bei ihm sein. Artewigge will nicht, dass Simona gefunden wird. Er erschießt Freunde von Padella und legt Zeichen, die zu *Re Laurino* führen."

„… Wer weiß, zu welchen Taten er unter Drogeneinfluss noch fähig wäre", dachte Magnabosco laut. „Aber das sind alles nur Vermutungen. Wir haben keine Beweise dafür, dass Hartwig unser Mann ist."

„Weiß Artewigge, dass Simona und Martha die Kinder von Angerer sind?", fragte Carmela nachdenklich. „Will er ihn stoppen? Oder ist er neidisch auf den König, weil alle Frauen ihn lieben?"

Magnabosco sah Carmela an. „Neid gehört neben Hochmut, Habgier, Wollust, Zorn, Völlerei und Trägheit zu den sieben Todsünden. Und alle treffen auf unseren Hartwig Ploner zu."

*

Elisabeth Pardeller hatte gerade die letzte Grußkarte mit der Absage der Hochzeit mit freundlichen Grüßen unterschrieben, als Dieter die Wohnstube betrat. Nicht nur seine Kleidung roch nach Wein, sondern auch sein Atem.

„Was tust du da, Elisabeth?", fragte er.

„Ich sage die Hochzeit ab. Sie wird nicht stattfinden. Simona will Hartwig doch gar nicht heiraten, und wir können sie nicht dazu zwingen, Dieter."

„Oh doch", sagte Dieter zornig. „Und ob sie ihn heiraten wird. Genau so, wie es vereinbart war. Und dann wird sie ihr Studium beenden und das Weingut zusammen mit Hartwig weiterführen. Basta."

„Dieter, es ist ihre Entscheidung, wen sie heiratet und was sie aus ihrem Leben macht. Simona ist jung, aber erwachsen genug, um diese Dinge selbst zu bestimmen."

„Meine Tochter macht, was ich sage!", schrie Dieter seine Frau nun an. Sein Gesicht war tiefrot vor Wut.

Elisabeth Pardeller stand auf, schmiss ihren Füllfederhalter auf den Tisch und sagte laut: „Sie ist nicht deine Tochter, Dieter. Sie nicht und Martha auch nicht."

Dieter Pardeller erstarrte. „Was redest du denn da?"

Sie schluckte und sah ihrem Mann dann ins Gesicht. „Ich habe dich betrogen, Dieter. Kurz nach unserer Hochzeit habe ich eine jahrelange Affäre mit einem anderen Mann angefangen. Aus dieser Affäre entstanden unsere beiden Töchter. Ich weiß, dass du mir das nie verzeihen wirst. Ich werde jetzt gehen."

Damit drehte sich Elisabeth Pardeller um. Sie weinte nicht, dafür war sie zu schwach.

„Wer?", knurrte Dieter nun und hielt sie am Handgelenk fest. „Mit wem hattest du eine Affäre?"

„Mit dem König, Dieter. Mit dem anderen König."

Er verstand. „Angerer also. Der Mann, in den sich nun Simona verliebt hat. Ich bringe ihn um!"

„Dann nimmst du ihr den Vater, Dieter. Und Martha auch."

Elisabeth Pardellers letzte Worte prallten gegen die Haustür, die in diesem Moment von ihrem Ehemann zugeschlagen wurde.

TEIL 4

Martha Pardeller

Im Präsidium in der Bozner Dantestraße herrschte geschäftiges Treiben. Gerade eben war die Pressekonferenz zum Verschwinden von Simona Pardeller und dem brutalen Mord an den drei jungen Männern in der Nähe des Hotels Sagenwelt in St. Zyprian zu Ende gegangen. Magnabosco verließ den Konferenzraum und gönnte sich eine kurze Verschnaufpause an der reparierten Kaffeemaschine.

Inzwischen musste auch Martha Pardeller eingetroffen sein, Carmela und er hatten sie erneut zum Verhör vorgeladen. Der Verdacht gegen Hartwig Ploner verhärtete sich zusehends; er besaß sowohl einen Motorradführerschein als auch einen Waffenpass. Die Reifenspuren vor Angerers Hütte und am Parkplatz in St. Zyprian stammten vermutlich von der gleichen Maschine. Magnabosco hatte ein Säckchen voller Erde von der Hütte unterm Rosengarten mitgenommen; viel versprach er sich davon allerdings nicht.

Sie mussten die Tatwaffe finden, ein Drillingsgewehr, auf dem sie vielleicht Fingerabdrücke finden würden, falls Hartwig Ploner so unklug gewesen war, beim Schießen seine Motorradhandschuhe abzunehmen.

Magnabosco stürzte den Kaffee hinunter und verbrannte sich die Zunge. Das Fach mit den gekühlten Wasserflaschen war natürlich leer, und so musste Magnabosco mit einer tauben Zunge zum Verhör mit Martha Pardeller.

Carmela war bereits bei ihr. Als Magnabosco Carmela durch das halbtransparente Fenster beobachtete, beschloss er spontan, ihr die Befragung zu überlassen. Eine weitere Verhexung konnte er sich nicht erlauben.

*

„Wir haben die Erde an die Schuhe von Artewigge gefunden. Wann ist er in Rosengarten gewesen?", fragte Carmela und hoffte, dass der Bluff mit Hartwigs Schuhen funktionierte.

Martha Pardeller blickte sie aus großen, blauen Augen an. „Wo ist Filippo?", fragte sie freundlich. „Wie geht es ihm?"

„Frau Padella", sagte Carmela, trommelte ungeduldig mit ihren Fingernägeln auf den Tisch und verursachte ein unangenehm kaltes Klackern. „Es geht Sie nix an, wo ist Commissario Magnabosco. Beantworten Sie meine Frage."

„Schon gut, ich habe ja nur gefragt. Ich weiß nicht, wann Hartwig das letzte Mal im Rosengarten war. Wissen Sie, wir lieben uns, aber wir sind nicht ständig zusammen."

„Sie haben gesagt, Sie und Artewigge waren zusammen, als die drei getotet wurden. Stimmt?"

Martha nickte. „Ja, aber nach dem Sex ist er weggegangen. Hat mich alleingelassen. Ich wollte dann zum Gutshof zurück, aber unterwegs habe ich Hunger bekommen und bin zum Hotel in St. Zyprian, um dort zu frühstücken."

„Ist *completamente* andere Richtung. Das eine ist links, das andere ist rechts. Wieso sind Sie dorthin gefahren?", wunderte sich Carmela.

„Ich weiß nicht. Dort haben sie so gutes, frisches Brot ... vielleicht deshalb", behauptete Martha Pardeller.

„Frische Brot kriegen Sie uberall, Frau Padella. Warum also? Warum Tiers?", fragte Carmela nun und versuchte, so streng wie möglich zu wirken.

„Keine Ahnung. Es war wie eine Eingebung. Mein Gefühl hat mich dorthin geführt. Ich war schon vor halb fünf dort und habe auch nur den Nachtportier angetroffen. Er war nett und hat mir einen Kaffee gemacht. Wir haben auch ein bisschen geplaudert."

„Was ist passiert, als sie von Parkeplatze zu Hotel gegangen sind?"

Martha blieb still und schloss die Augen. Sie schien nachzudenken. Dann starrte sie Carmela an.

„Schüsse", rief sie plötzlich. „Da waren Schüsse. Drei- oder viermal hat jemand geschossen. Ich bin zwar erschrocken, dachte mir aber nichts weiter dabei, schließlich ist es ja ein großes Jagdrevier."

„Waren es schnelle Schüsse? So pamm, pamm, pamm?"

„Ja", sagte Martha und nickte heftig. „Genau so. Ich bin dann weiter zum Hotel."

„Haben Sie noch etwas gehört? Um diese Uhrzeit ist ja still da oben, oder?", fragte Carmela weiter.

„Ja, da war noch ein Geräusch. Ein Motorrad. Hat geklungen wie määäm, määäm, määäm", erzählte sie und kicherte dabei.

Carmela ging um den Tisch herum und schaltete das Mikrofon aus. Sie sah Martha wortlos an. Martha hörte auf zu lachen.

„Ich lasse jetzt den Capo Commissario herein", flüsterte Carmela. „Keine Exereien. Sonst pamm, pamm, pamm!"

Martha schluckte erschrocken und nickte.

„Guten Tag, Frau Pardeller", begrüßte Magnabosco sie freundlich. „Ich habe mitgehört. Sie haben da oben also Schüsse und ein Motorrad gehört. Ihr Freund Hartwig ist nicht zufällig ein Trial-Fahrer?"

„Trial-Fahrer ist gar kein Ausdruck", sagte Martha. „Er gewinnt jeden Wettkampf. Er macht alles Mögliche: Trial, Motorcross, Sportschütze …"

„Frau Pardeller, eine Frage noch: Haben Sie Kinder?"

Marthas Blick senkte sich. Ihr Kinn bebte ein wenig, doch sie fing sich schnell wieder.

„Ich habe vor sechs Jahren und drei Monaten einem kleinen Mädchen das Leben geschenkt, ja", bestätigte sie leise.

„Das Mädchen lebt aber nicht bei Ihnen", bohrte Magnabosco weiter.

„Nein, man hat sie mir weggenommen. Sie ist jetzt bei einer guten Familie. Sie hat auch Geschwister."

„Haben Sie Kontakt zu Hannah?"

Bei dem Namen erkannte Magnabosco deutlich die Gänsehaut auf Marthas Unterarmen.

Sie nickte unmerklich und sah dann mit feuchten Augen zu Magnabosco auf. „Jedes Mal, wenn ich ins Tschetterloch gehe, besuche ich auch meine kleine Prinzessin."

*

Magnabosco brachte Martha Pardeller aus dem Verhörraum. Der Zauber, der sie umgab, war schwächer geworden. Ihre Augen leuchteten kaum noch, das Muttermal an ihrem Mund schien zu verblassen. Sie strahlte ihn nicht mehr an.

„Bitte, Filippo", begann sie leise, „finden Sie Simona. Ich habe zwar den Kontakt zu meinen Eltern abgebrochen, aber mit Simmi habe ich mich immer gut verstanden."

„Könnte Ulrich Angerer Ihrer Meinung nach für den Tod der drei jungen Männer verantwortlich sein?"

Martha schüttelte den Kopf. „Nie und nimmer. Er ist ein Schwerenöter und oft etwas seltsam, aber gewiss kein Mörder."

„Martha, es gibt da leider noch etwas, das Sie wissen müssen", sagte Magnabosco. Er konnte die junge Frau nicht gehen lassen, bevor sie nicht die ganze Wahrheit erfuhr.

„Was denn?", fragte sie und sah ihn ängstlich an.

„Dieter Pardeller ist nicht Ihr Vater. Also nicht Ihr leiblicher Vater."

Martha blieb stehen. „Was meinen Sie damit? Tut mir leid, ich verstehe nicht …"

„Ihre Mutter hatte eine jahrelange Beziehung mit Angerer. Aus dieser Beziehung sind zwei Töchter hervorgegangen. Sie und Simona."

Martha wurde blass. Sie suchte Halt. Magnabosco bat ihr einen Stuhl im Gang an.

„Ihre Mutter hat dieses Geheimnis jahrzehntelang für sich behalten. Sie und Simona konnten es nicht wissen."

„Das kann nicht sein. Hannah ist von ihm. Ich war so furchtbar verliebt in ihn. Er ist so ein unwahrscheinlich charmanter Mann … oh Gott …", schluchzte sie. „Und nun ist Simona bei ihm … Angerer will ihr auch ein Kind machen, ganz bestimmt will er das."

„Vermutlich weiß Angerer selbst nicht einmal, dass er euer Vater ist. Wir versuchen wirklich alles, ihn und Simona zu finden und ihnen die Wahrheit zu sagen, damit dieser Wahnsinn ein Ende findet."

„Was passiert jetzt mit Hartwig?"

„Darüber kann und darf ich nichts sagen, Martha. Gehen Sie nach Hause, kommen Sie zur Ruhe."

„Ich weiß nicht, ob es etwas mit dem Fall zu tun hat", sagte Martha nun leise. „Wir sind einmal miteinander ausgegangen, Hartwig und ich, und bei der Party war auch Angerer anwesend. Die beiden sind sich begegnet. Sie haben sich so richtig feindselig angesehen."

Marthas Wangen waren tränennass, als sie sich von ihrem Stuhl erhob. „Dann ist er zur Garderobe gegangen und war plötzlich verschwunden. Ich wollte ihm noch nachgehen, aber er war wie vom Erdboden verschluckt."

Hartwig Ploner

Magnabosco und Carmela klingelten an Ploners Wohnungstür. Nichts rührte sich. Sie versuchten, einen Blick durch die dicken Vorhänge zu erhaschen, konnten jedoch nicht erkennen, ob sich jemand in der Wohnung befand.

„Sie schon wieder", schrie es vom Balkon herunter. „Es reicht, ich rufe jetzt die Polizei!"

„Nicht nötig, schon da", rief Magnabosco zurück und zeigte schnell seinen Dienstausweis, bevor die Nachbarin aus dem oberen Stockwerk ihm wieder eine kalte Dusche verpasste.

„Oh", machte sie. „Verzeihung, das wusste ich nicht."

Magnabosco nickte. „Erst nachfragen, dann schütten. Ist kein Vergehen."

Der Nachbarin trat die Schamesröte ins Gesicht. „Es tut mir furchtbar leid, aber als ich Sie gesehen habe, dachte ich, Sie seien so ein Gucker, so ein versauter…"

„Schon gut. Können Sie mir sagen, wo Ploner jetzt ist?"

„Was denken Sie von mir, ich schaue doch nicht den ganzen Tag vom Balkon herunter und beobachte meine Nachbarn! Aber wenn es Ihnen hilft: Seine Freundin war gerade erst hier, ist aber schon wieder gegangen. Ich habe gehört, wie die beiden sehr laut gestritten haben. Ich glaube, es sind auch ein paar Blumentöpfe geflogen. Dann ist sie heulend aus der Wohnung gerannt und weggefahren. Hartwig müsste theoretisch noch da sein. Er hat die Wohnung nicht verlassen."

In ebendiesem Moment wurde die Tür geöffnet. Hartwig Ploner sah krank aus, seine Haut war fahl, seine Augen hatten dunkle Ringe. Er schwitzte. Wortlos ließ er Magnabosco und Carmela eintreten und Platz nehmen.

„Sie stehen unter dringendem Tatverdacht Wolfgang Gallmetzer, Wilfried Christanell und Thomas Hildebrand mit einem gestohlenen Jagdgewehr erschossen zu haben", erklärte Magnabosco. „Ich muss Sie mit aufs Präsidium nehmen. Sie haben das Recht auf einen Anwalt, zu dem ich Ihnen auch dringend raten würde."

Ploner starrte ins Leere. Dann drehte er sich mit zitternden Fingern eine Zigarette. Süßlicher Duft erfüllte die Wohnküche.

„Ich brauche keinen Anwalt. Was ich getan habe, war richtig."

„Wie bitte?", rief Carmela. „Was haben Sie gesagt? Was war richtig?"

Magnabosco hob die Hand, Carmela verstummte.

„Erklären Sie uns das bitte", sagte er ruhig und schaltete das Diktiergerät auf seinem Handy an. „Ich darf das doch aufnehmen, oder? Sie haben ja Ihrer Meinung nach nichts Falsches getan."

Ploner zuckte mit den Schultern und zog an seinem Joint. Nach mehrfachem Husten begann er zu erzählen.

„Ich habe vor etwa zwei Jahren erfahren, dass mein Vater nicht mein richtiger Vater ist. Meine Mutter hat es mir im Vertrauen erzählt, ich musste es für mich behalten. Irgendwie habe ich schnell meinen Frieden damit gemacht, schließlich habe ich ja gute Eltern. Meine Mutter hat mir meinen echten Vater so gut beschrieben, dass ich ihn mir fast schon lebendig vorstellen konnte."

„Und Ihr Vater heißt …? Ulrich Angerer, nehme ich an?"

„Ganz genau. Dann war da vor einigen Wochen diese komische Party. Ich war ja eigentlich mit Simona zusammen, hatte aber Martha kennengelernt und mich über beide Ohren in sie verliebt. Martha hat mich zu der Party mitgenommen, sie stand unter dem Motto ‚Dolomitensagen', ganz seltsame Sache, überhaupt nicht mein Ding. Auf jeden Fall wurde sie plötzlich nervös, als ein älterer Typ aufgetaucht ist und sie begrüßen wollte. Ich bin bei ihr geblieben. Sie hat uns mit Namen vorgestellt, der Kerl hat sie fixiert. Dann ist er einfach verschwunden. Ich habe erst vor Kurzem erfahren, dass mein leiblicher Vater in diesem Moment vor mir stand."

„Hat Martha Ihnen gesagt, dass sie eine Liebschaft mit diesem Mann hatte? Und eine gemeinsame Tochter?"

„Ja, aber ich hatte zunächst kein Problem damit. Wir haben ja alle eine Vergangenheit. Einige Zeit später ist dann Simmi verschwunden. Ich habe mit ihrer

Freundin Claudia gesprochen, sie hat mich ausgelacht und gefragt, ob ich denn dumm sei oder nur so tue, und dass Simona mich überhaupt nicht wolle, sondern mit ihrem Lover durchgebrannt sei. Es ging mir nicht um Simmi, schließlich wollte ich ja mit Martha zusammen sein. Das mit Simmi hätte ich schon noch geklärt. Aber Claudias Art hat mich verletzt, ich stand da wie der letzte Depp. Ich beschloss also, Angerer das Handwerk zu legen und Spuren zu säen, die auf Simmis Entführung hinweisen würden."

„Was Ihnen mit der roten Rose in Simonas Wagen ja auch fast gelungen ist."

„Ja, aber gereicht hat es nicht. Dann hat Dieter ein paar Tage später gesagt, er würde seine Männer losschicken, um Simmi zu suchen. Das war die Gelegenheit. Ich war mir sicher, dass sie zuerst oben beim Hotel Sagenwelt suchen würden. Ich bin also mitten in der Nacht gestartet. Das war ein Trip, glauben Sie mir. Ich habe mir in Angerers Hütte das Gewehr geholt und bin zurück zum Parkplatz gefahren. Dort habe ich auf sie gewartet und sie auch erwischt. Die Angelschnur sollte auf Angerer hinweisen, damit man ihm den Mord in die Schuhe schiebt und ihn ins Gefängnis steckt."

„Und Sie glauben, Sie haben das Richtige getan, Artewigge? Drei tote Männer!", rief Carmela. Sie war außer sich.

„Was ist schlimmer? Drei tote Männer oder vier kaputte Familien?"

Magnabosco wusste nicht mehr, was er diesem kranken Menschen noch sagen sollte. Die Drogen hatten ihm an jenem Morgen die letzten vielleicht noch übrigen Skrupel genommen. Er stoppte die Aufnahme, legte Ploner Handschellen an und überließ es Carmela, ihn abzuführen. Als er die Wohnungstür schloss, sah er noch einmal nach oben. Die Frau stand weinend auf ihrem Balkon.

„Sie sollten sich bei uns bewerben", sagte er, um sie aufzumuntern. „Danke für Ihre Hilfe, Frau …?

„Ploner. Hartwig ist mein Sohn", sagte sie so leise, dass nur Magnabosco es hören konnte.

Markus Nothdurfter

Magnabosco sah auf seine Uhr, es war halb acht Uhr morgens, das Präsidium in der Bozner Dantestraße schien noch zu schlafen. Auch der wachhabende Polizist an der Pforte grüßte ihn nur halbherzig. Carmela kam langsam mit dem schlummernden Edoardo im Kinderwagen hinterher.

Kaum hatten sie sich an ihre Schreibtische gesetzt und Edoardo noch einmal zugedeckt, ging auch schon mit Schwung die Bürotür auf und knallte gegen den stählernen Aktenschrank. Edoardo wurde wach und schrie aus voller Kehle.

„Magnabosco, Pasqualina, meinen Glückwunsch!", rief Nothdurfter und versuchte, Edoardos Gebrüll zu übertönen. „Immerhin haben Sie diesen Fall zur Hälfte gelöst!"

Carmela hastete zu Edoardo, nahm ihn aus dem Kinderwagen und versuchte, ihn schleunigst zu beruhigen.

„Danke, Questore", sagte Magnabosco mit eingefrorenem Lächeln und entdeckte sofort, dass Nothdurfter wieder einmal die *Eisacktaler Presse* dabeihatte. „Und Simona Pardeller werden wir auch noch finden."

„Das will ich hoffen!", schrie Nothdurfter zurück und wedelte vor Magnaboscos Gesicht mit einem weißen Briefumschlag herum, als wolle er einen Schwarm lästiger Fliegen verscheuchen. „In wenigen Tagen soll sie die Weinkönigin werden. Ich musste Dieter Pardeller versprechen, dass sie bis dahin heil zurückkommt. Er hat übrigens schon wieder so eine Bleistiftzeichnung erhalten. Tun Sie etwas, Magnabosco, bevor der Mann endgültig verrückt vor Sorge wird!"

„Wir tun doch schon längst alles in unserer Macht Stehende ...?", schrie nun auch Magnabosco. „Carmela, ich bitte dich ... bring das Kind zum Schweigen!"

Carmelas Versuche, Edoardo zu beruhigen, scheiterten, die Diskussion wurde immer hitziger, bis Nothdurfter schließlich die Zeitung und den Briefumschlag auf den Schreibtisch schmiss und fluchend das Büro verließ.

Plötzlich trat Stille ein. Edoardo schloss die Augen, Carmela legte ihn zurück in seinen Wagen und näherte sich Magnabosco, der seinen Kopf verzweifelt in die Hände stützte.

„Capo ... amore mio ...", flüsterte sie ihm sanft ins Ohr.

„Ich tue alles, was ich kann, Carmela. Ich arbeite Tag und Nacht, suche nach Vermissten, finde Mörder, kümmere mich um ein Kind, das nicht einmal von mir ist ..."

„Filippo, wenn wir Simona gefunden haben, mache ich dir eine großartige Geschenk", sagte Carmela mit leuchtenden Augen.

„Was willst du mir schenken? Noch eine Diät und ein paar Folterstunden in der Muckibude?", entgegnete Magnabosco.

„Nein Filippo. Ich schenke dir Yoga. Tut dich entspannen. Keine Stress mehr, nur noch Yoga und Urlaub."

Magnabosco erhob sich von seinem Bürostuhl, gab Carmela einen flüchtigen Kuss auf die Stirn, brummte etwas von einem angemessenen Frühstück, dass ihn ein Bier sicher mehr als Yoga entspannen würde, und verließ fluchtartig das Büro.

*

„Simona und Angerer sind deiner Meinung nach also im Hotel. Wie kommst du darauf?", fragte Magnabosco und öffnete die Fahrertür seines Dienstwagens. Das gute Frühstück, gepaart mit den neuesten Nachrichten aus der Fußballwelt in seiner ehemaligen Stammbar, hatte seine Nerven innerhalb weniger Minuten beruhigt.

„Steht auf der Zeichnung, Filippo. *Grüße aus der Sagenwelt*", erklärte Carmela.

„Was steht sonst noch drauf? Vielen Dank an die Staatspolizei, aber ätsch, bätsch, ihr findet mich ja doch nicht", blödelte er nun und fuhr in Richtung Norden. Vor der Loretobrücke in Bozen musste er minutenlang an der grünen Ampel warten, weil sich einige Fahrradfahrer nicht mit einem orangenen Stadtbus einigen konnten. Magnabosco hupte, dann nahm er kurze ntschlossen das Blaulicht, stellte es auf das Dach seines Wagens und schaltete die Sirene ein. Sofort entstand ein noch größerer Tumult, ein Rollerfahrer zog rechts an ihm vorbei und zeigte ihm den Vogel.

„Der spinnt doch, na warte, Bürschchen, dir werde ich's zeigen. Merk dir, wie er aussieht, Carmela!"

Carmela rollte mit den Augen. „Ich sage nur: Yoga. Sehr viel Yoga."

„Ja, und dazu womöglich noch grünen Tee mit Jasmin, oder? Vergiss es, Carmela!", brummte Magnabosco und konnte nun endlich rechts abbiegen, um auf der Staatsstraße am Eisackufer entlang in Richtung Tiers zu fahren. Schnell ließen sie die Stadt hinter sich und atmeten durch.

„Edoardo!", rief Magnabosco plötzlich in die Stille. „Er ist noch im Büro, wir haben ihn vergessen!"

„Nothdurfter kümmert sich um ihn", gab Carmela ruhig zurück. „Ich habe ihm die Zeichnung erklärt und er hat gesagt: ,Wenn ihr den Fall löst, bin ich heute Babysitter.' Er hat auch ein Kind, hast du das gewusst, Filippo?"

Magnabosco schüttelte den Kopf. Sein Vorgesetzter kümmerte sich höchstpersönlich um seinen Ziehsohn, damit sie sich auf die Suche nach der verschwundenen Tochter von Pardeller machen konnten. Er würde aus diesem Menschen niemals schlau werden.

*

Chiuso per ferie – wegen Urlaub geschlossen, stand auf dem handgeschriebenen Zettel, der an der großen, gläsernen Eingangstür des Hotels Sagenwelt in St. Zyprian klebte. Jemand musste ihn in aller Eile geschrieben haben, die Schrift war krakelig und krumm wie die eines Zweitklässlers. Der Parkplatz, auf dem man Tage zuvor die drei Toten in ihrem Wagen gefunden hatte, war noch durch ein Polizeiband abgesperrt. An einer Ecke hatte man Kerzen, Bilder und Beileidsbekundungen abgelegt. Jemand hatte ein provisorisches Kreuz in die Erde gesteckt.

„Hier ist niemand, Filippo", sagte Carmela enttäuscht.

Magnabosco erkannte ihre Sorge um Simona, sie hatte sich zu sicher gefühlt: „Warten wir ab. Nur weil das Hotel zu ist, muss das nicht heißen, dass niemand drin ist. Du bleibst im Auto, ich mache eine Runde ums Gebäude. Ruf Verstärkung, wir brauchen zwölf Ritter."

Carmela sah ihn zweifelnd an. „Was hast du gesagt? Zwölf Ritter?"

Magnabosco lachte. „Entschuldige. Ich meinte natürlich zwölf Büttel in edler Rüstung, ach, Scharfschützen. Sag ihnen, sie sollen sich beeilen."

Magnabosco ging langsam mit der Waffe im Anschlag um das riesige Hotel herum, konnte aber niemanden entdecken. Die Vorhänge der unteren Stockwerke waren zugezogen, nur durch einen Spalt konnte er den verlassenen Speisesaal ausmachen. Er hörte die Geräusche von der nahen Dorfstraße, dann und wann das Läuten der Kuhglocken und einen vorbeifahrenden Traktor. Die Luft war frisch und roch nach feuchtem Gras, fast verspürte er ein Kitzeln in seinen Lungen.

In Gedanken ging er den Fall noch einmal durch. Hätte Elisabeth Pardeller ihr Schweigen nicht gebrochen, hätte er diese verzwickten Familienverhältnisse wohl nie durchschaut. Inzest, Betrug, Lügen und Affären zeichneten die Familien Angerer, Pardeller und Ploner, und das bereits seit fast drei Jahrzehnten. Ob man Angerer dafür verurteilen würde? Wäre ein derartiges Verhalten bei Unwissenheit eigentlich strafbar? Konnte man Elisabeth Pardeller dafür belangen, weil sie ein Geheimnis mit sich herumgeschleppt hatte, das am Ende zu einem dreifachen Mord führte? Hartwig Ploners Worte, ob Mord schlimmer sei als die Zerstörung ganzer Familien, kamen ihm wieder in den Sinn. Mord war das Furchtbarste aller Verbrechen, daran bestand kein Zweifel. Doch auch Angerer müsste seiner Meinung nach bestraft werden.

„Pfilippo", hörte er plötzlich ein Flüstern. „Pfilippo, hier bin ich."

Magnabosco schrak kurz auf und erkannte dann die kleine Hannah, die sich hinter einem Liegestuhl auf der Erholungswiese versteckt hatte.

„Hannah, was tust du denn hier? Bist du etwa davongelaufen? Warum bist du nicht bei deiner Familie?"

„Ich bin heute beim Onkel. Mittwoch ist immer Onkel-Tag. Wir spielen gerade Verstecken, machst du mit?", fragte sie und lächelte. Magnabosco erkannte, dass sie die blauen Augen ihrer Mutter hatte.

Magnabosco überlegte. Wenn erst das Hotel von den Polizisten gestürmt würde, würde Hannah vor Angst davonlaufen. „Weißt du denn, wo sich dein Onkel versteckt?"

Hannah nickte. „Ja, er geht immer in den Keller. Von dort geht er in einen anderen Keller. Er denkt, ich weiß es nicht, aber ich finde ihn jedes Mal."

„Aber du bist schlauer und suchst dir immer ein anderes Versteck, oder?"

Hannah nickte eifrig. „Einmal habe ich mich im Baum versteckt. Aber dann bin ich nicht mehr heruntergekommen und die Feuerwehr musste mich holen. Seitdem habe ich Baumverbot."

„Du kennst doch mein Auto. Tante Carmela sitzt drin. Heute könntest du dich dort verstecken. Was sagst du dazu?"

„Supercool", staunte Hannah.

„Dann bring ich dich jetzt dorthin und ich spiele weiter mit deinem Onkel Verstecken, in Ordnung?"

Hannah nickte, sah ihn an und gab ihm ihre kleine Hand. Magnabosco sah gerührt zu ihr hinunter und brachte sie in Sicherheit.

Der König von der Etsch

Das Hotel Sagenwelt war umstellt. Nicht zwölf, sondern zwanzig schwer bewaffnete Polizeikräfte waren Magnabosco und Carmela zu Hilfe geeilt, um Simona Pardeller aus den Fängen des Entführers zu befreien. Nichts sollte dem Zufall überlassen werden.

„Angerer!", rief plötzlich eine Männerstimme. „Du miese Ratte, gib endlich meine Tochter raus. Du kannst sie nicht ewig in deiner schäbigen Bruchbude gefangen halten!"

Es war Dieter Pardeller und er war offensichtlich stark betrunken. Magnabosco versuchte, ihn zu beruhigen, doch er ließ nicht mit sich reden.

„Ich bring ihn um", schrie er. „Er hat meine Frau geschwängert und seiner eigenen Tochter ein Kind gemacht, das muss mit dem Tod bestraft werden. Komm heraus, du Hurensohn!"

„Pardeller, nehmen Sie sich zusammen. Führen Sie den Mann ab, er muss in die Ausnüchterungszelle", wies Magnabosco einen der Polizisten an.

Pardeller wehrte sich. „Ich gehe hier nicht ohne meine Tochter weg ... ich ..."

Pardeller verstummte.

Magnabosco verstand nicht.

Eine Polizistin deutete auf die Eingangstür des Foyers. Eine junge Frau trat heraus. Blond gelocktes Haar fiel über ihre Schultern, sie trug ein goldenes Diadem. Ihre Wangen waren rötlich, sie strahlte. Ihr türkisblaues Kleid reichte bis zum Boden, ein leichter Windstoß ließ es kurz aufflattern. Magnabosco erstarrte. Vor ihm stand Simona Pardeller in solcher Schönheit und Pracht, dass er sie für eine Märchengestalt hielt.

„Commissario", fragte die Polizistin. „Sollen wir eingreifen? Wir warten auf Ihren Befehl."

„Nein", sagte Magnabosco leise und winkte ab. „Nicht eingreifen. Waffen runter. Ich glaube, sie will uns etwas sagen."

Simona setzte langsam einen Fuß vor den anderen. Sie ging so aufrecht und leichtfüßig, dass Magnabosco den Eindruck hatte, sie würde auf ihn zu schweben. Bald stand sie vor ihnen und sprach mit so sanfter Stimme, dass Magnabosco eine Gänsehaut bekam.

„Herr Kommissar. Vater. Ihr seid gekommen, um mich zu befreien. Doch das war nicht nötig, ich bin aus freien Stücken hier. Nun, ich danke euch dennoch für all eure Mühen. Ich soll euch ausrichten, dass der König von Tiers euch erwartet. Ihr sollt gemeinsam mit ihm speisen. Seid bitte gut zu ihm. Er hat mich stets bestens behandelt und es mir an nichts fehlen lassen. Der König liebt mich und ich liebe ihn. Papa, schließ Frieden mit ihm."

Dieter Pardeller brach in Tränen aus. Alle Wut und Trauer um seine verlorene Familie brachen aus ihm heraus. Auf einen leisen Befehl von Magnabosco ließ er sich zum nächsten Streifenwagen bringen.

Simona forderte Magnabosco erneut auf, ihm ins Innere des Hotels zu folgen. Er funkte Carmela an und bat sie, Hannah nach Hause bringen zu lassen und mit ihm ins Hotel zu kommen, wo Ulrich Angerer sie erwartete.

„Warum hat sich mein Vater nicht gefreut, mich zu sehen?", fragte Simona den Kommissar, als sie ihn und Carmela zielsicher durchs Hotel führte.

„Das ist sehr kompliziert, Frau Pardeller."

„Nennen Sie mich bitte Simhilde. Hier bin ich eine andere. Und sprechen Sie Ulrich bitte mit ‚Eure Majestät' an. Er ist der König."

Magnabosco nickte, obwohl ihm dieses Gehabe zutiefst widerstrebte. Wichtig war ihm nur, dass sie alle heil wieder aus diesem Hotel und diesem skurrilen Märchen herauskamen.

Der König von Tiers

Der Weg durchs Hotel schien unendlich zu sein. Simona führte die beiden Polizisten durch ein Dutzend Gänge, die in einem Keller unter der Tiefgarage des Hotels endeten.

„Lasst mich vorgehen, ich will dem König die Botschaft überbringen, dass ihr seiner Einladung gefolgt seid", sagte Simona und öffnete vorsichtig eine graue Stahltür.

Sie zwinkerte Magnabosco so liebevoll zu, dass ihm ein warmer Schauer über den Rücken lief. Er drehte sich zu Carmela um, die ihn mit einer hochgehobenen Braue bedachte.

„Du musst ihr sagen, dass Angerer ihr Vater ist", flüsterte Magnabosco ihr zu. „Und ich kümmere mich um Angerer."

Carmela nickte. Eine Sekunde später wurde die Tür geöffnet und der Hotelangestellte Malverio ließ sie eintreten. Er verneigte sich tief vor Carmela und Magnabosco.

„Oh, welch Glanz erfüllt meine armselige Hütte", rief es laut von einem dunkelroten Ohrensessel, den Angerer zu einer Art Thron umfunktioniert hatte. Er erhob sich und zeigte ein prachtvolles, mit Goldfäden besticktes, purpurnes Gewand. Er trug eine Krone, sein welliges Haar reichte bis zu seinem Kinn. Carmela musste kichern, als der König auf sie zukam und sie mit einem angedeuteten Handkuss begrüßte.

„Welch holdes Weib Ihr an Eurer Seite habt, werter Kommissar. Passt stets gut auf sie auf, sonst wird man sie Euch rauben."

„So wie Sie es mit Simona getan haben?", gab Magnabosco zurück. „Lassen Sie sie endlich gehen."

„Sie ist frei, zu gehen, wohin ihr Herz sie trägt. Doch hat ihr Herz sie zu mir getragen. Was also werft Ihr mir vor, Scherge?", fragte Angerer und zeigte auf den riesigen Holztisch, der sich unter den Leckereien schier bog. „Aber bedient Euch doch erst einmal. Was darf ich Euch dazu kredenzen, einen roten Wein?"

Magnabosco wollte schon nach einem gebratenen Hähnchenschenkel langen, als Carmela ihm auf die Finger schlug. Er zuckte zurück und griff nach einer Karotte. Carmela blickte ihn zufrieden an und versuchte, Simonas Aufmerksamkeit zu erhaschen.

„Greift zu. Malverio, Alberto, bringt mehr Wein. Wir wollen unsere Gäste doch nicht verdursten lassen", befahl der König, woraufhin die beiden Diener schnell den Keller verließen.

„Herr Angerer", versuchte Magnabosco es weiter. „Sie erinnern sich doch sicherlich an Elisabeth Pardeller?"

Simona horchte auf. „Was ist mit meiner Mutter? Es geht ihr doch gut, oder?"

Angerer dachte nach. Simonas Worte schien er absichtlich überhört zu haben. „Nun, eine Weile ist es schon her, mich dünkt, vor etwa dreißig Jahren war sie Gast in diesem Hotel …"

„Ganz richtig", bestätigte Magnabosco. „Erzählen Sie uns, was damals passiert ist?"

„Sie war liebreizend, so jung und fast noch unschuldig. Sie kam hierher, um ihre Vermählung zu feiern."

„Mit Dieter Pardeller, genau. Und dann hat sie sich in Sie verliebt."

Plötzlich wurden die Augen des Königs schmal. „Der König von der Etsch, mit dem ich seit Militärzeiten Streit hatte, hat es gewagt, hierherzukommen und in mein Reich einzudringen. Sogar die Zeche wollte er prellen! Zu allem Überfluss brachte er dieses vollbusige, wollüstige Weibsbild mit. Sie umgarnte mich Abend für Abend, bis ich nachgab und ihre Leidenschaft zuließ. Sie trieb es so weit mit mir, dass ich meine Finger nicht mehr von ihr lassen konnte. Ich verfiel ihr gänzlich. Sie kam zu mir, auch nachdem sie und Pardeller ihre Hochzeitsreise beendet hatten. Sie schwor mir, dass sie mich liebte, doch den Mut, sich von ihrem Mann zu trennen, den brachte sie nicht auf. Ich nahm es hin, schließlich kam sie immer wieder. Mit einem Mal, es war im Herbst 1995, tauchte sie nicht mehr auf. Ich war wütend und verletzt, schließlich hatte sie mich einfach verlassen, war ohne jede Nachricht gegangen. Als sie erst zwei Jahre später den Weg wieder hierher zu mir fand, verzieh ich ihr dennoch. Sie liebte mich noch immer, und wir verbrachten eine weitere Nacht miteinander. Dann verschwand sie für immer."

Simona stand von ihrem Stuhl so ruckartig auf, dass er nach hinten flog. Sie rannte auf Angerer zu und packte ihn am Kragen seines goldbesetzten Gewands.

„Du hattest eine Affäre mit meiner Mutter", schrie sie schrill. Tränen liefen über ihr Gesicht, das eben in der Nachmittagssonne noch so sehr gestrahlt hatte. Dann plötzlich weiteten sich ihre Augen und sie bekam kaum noch Luft. „1996 ist meine Schwester Martha geboren, ich zwei Jahre später. Hast du etwa unsere Mutter geschwängert? Sind wir deine Töchter? Sag, dass das nicht wahr ist!"

Der König von Tiers wurde blass. Er nahm seine Krone ab und legte sie auf den Tisch. „Also bist du die Tochter von Elisabeth Pardeller. Und der König von der Etsch hat dich großgezogen. Dann hat er wenigstens ein gutes Werk in seinem Leben vollbracht. Mein Kind, ich wusste ja nicht, dass ihr es seid. Ich hatte doch keine Ahnung …", flüsterte Angerer geknickt.

„Und Marthas Vater bist du ebenso. Und sie hat ein Kind von dir", schluchzte Simona. „Nennt man dich deshalb ‚Der König von Tiers'?"

„Den Namen habe nicht ich mir gegeben, sondern all die Frauen, die bei mir waren. Sie haben mir das Gefühl gegeben, ein König zu sein", sagte Angerer verklärt.

„Und dazu gehörte auch Frau Ploner, Hartwigs Mutter", merkte Magnabosco nun an.

„Ich sollte also meinen eigenen Bruder heiraten?", fragte Simona nun mit zitternder Stimme. „Und er hat eine Affäre mit meiner Schwester." Simona brach zusammen.

Carmela kniete sich zu ihr herunter und versuchte sie zu trösten.

„Herrschaften", sagte der König nun und stand von seinem plüschenen Thron auf. „Meine Zeit ist gekommen. Ich werde gehen. Simhilde, ich hoffe, Ihr werdet mir eines Tages verzeihen. Ich wollte ganz sicher keine Schande über Euch und Martha bringen. Herr Kommissar, lasst mich durch. Ich will Euch noch einen letzten Schluck Wein einschenken, dann werde ich mich für immer zurückziehen."

„Wir sind im Dienst, Angerer. Und Sie gehen nirgendwohin", sagte Magnabosco harsch.

„Wofür wollt Ihr mich belangen? Für Leidenschaft und Liebe? Dafür, dass ich verführt wurde und die Frauen mir der Reihe nach verfielen? Dass ich mich in mehrere Frauen gleichen Blutes verliebt habe? Dass Ödipus seine Finger im Spiele hatte? Was ist das für ein Verbrechen?", fragte Angerer.

Magnabosco sah in die tieftraurigen Augen des Mannes und hielt inne. Dann nickte er und öffnete langsam die schwere Stahltür. Er ließ den König vorbei, der erst die weinende Simona und dann ihn selbst mit einem allerletzten Blick bedachte, seine Kappe aufsetzte und durch die Gänge des Hotels verschwand. „Aber halten Sie sich zur Verfügung", rief er Angerer noch nach.

Carmela, Magnabosco, Malverio und Alberto verließen gemeinsam mit Simona Pardeller gegen halb sieben Uhr abends das Hotel Sagenwelt. Die Polizisten waren in ihren Positionen verharrt. Als Magnabosco Simona durch die Tür in den Außenbereich bat, hörte er deutlich, wie die Scharfschützen aufatmeten.

Mit einem Lächeln und einer Geste gab er ihnen zu verstehen, dass sie ihre Stellungen nun verlassen durften. Wie in Zeitlupe erhoben sie sich vom Boden, tauchten hinter Bäumen, Sträuchern, Tischen und Liegestühlen auf. Sie waren maskiert, doch Magnabosco konnte die gelöste Stimmung unter ihnen deutlich spüren. Einige sahen sich um, andere kamen auf Magnabosco zu und gaben ihm die Hand, um zur Befreiung des Mädchens zu gratulieren. Er sah sich um, suchte nach Carmela. Sie stand ein wenig abseits und hielt sich die Hand vor das Gesicht. Ihre Schultern bebten.

„Carmela, was ist denn los?", fragte Magnabosco und umarmte sie. Sie weinte herzzerreißend.

„Solche Angst, Capo. Was für ein schrecklicher Fall. Ich kann nicht Polizistin sein. Zu viel Unglück."

„Aber nicht doch, du bist eine gute Polizistin. Ohne dich hätte ich diesen Fall niemals gelöst. Der Mörder ist hinter Gittern, Simona ist frei und hat die Wahrheit erfahren. Und sieh mal, ich glaube, der König von Tiers hat uns nicht mal verflucht."

Carmela sah auf. Auch die Polizisten, die sich zu einer Menschentraube zusammengefunden hatten, starrten zum glühenden Rosengarten hinauf. In dunkelgelbem Kleid stand er da, angestrahlt von der untergehenden Sonne. Je tiefer sie sank, desto mehr tauchte sie ihn erst in orangefarbenes, dann in nahezu rötliches Licht.

Einige Felswände, durchzogen von hellerem Gestein, reflektierten das Licht intensiver. Rötliche Zacken stachen in den hellblauen Himmel, der in wenigen Minuten weiß werden würde, bevor die Sonne endgültig hinter den Bergen verschwand und dem Abend Platz machte.

Von Norden her wurden die Felsen nun grau, nur mehr das Zentrum des Rosengartens trug auf den höchsten Spitzen sein rotes Gewand, genau wie der König von Tiers. Glutrot färbten sie sich, dann nahmen sie nach und nach wieder ihre aschgraue Farbe an. Die Wiesen unter dem Rosengarten waren von tiefem Dunkelgrün, fast wie die Nadelwälder mit ihren gelben Flecken.

„Filippo", sagte Carmela leise. „Siehst du das? Da vorne, da rennt etwas. Ist das eine Person?"

Magnabosco sah angestrengt hin, dann nickte er. Er konnte den kleinen, türkisfarbenen Punkt, der sich schnell in Richtung der Berge bewegte, gerade noch mit bloßem Auge erkennen.

EPILOG

Filippo Magnabosco

Magnabosco sah sich zwischen den Menschen um, die das Gartenbistro im Hotel Mondschein nach und nach füllten. Ruhig waren sie, fröhlich, dann und wann lachte einer von ihnen auf. Sie prosteten sich zu, ein Pärchen tauschte verliebte Blicke.

Ein Bierglas stieß sanft gegen eine Sektflöte, am anderen Tisch gab es Crodino und Weißwein, dazu wurden Häppchen gereicht. Leichter Wind kam auf, Magnabosco erkannte die Gänsehaut auf Carmelas Unterarm.

„Es ist schön hier", sagte sie und streichelte über Edoardos Köpfchen. „So ruhig, so gar nicht Bolzano."

„Magst du Bozen etwa nicht?", fragte Magnabosco verwundert.

„Doch, doch. Ist schöne Stadt. Aber hier in Park ist alles anders. Die Leute streiten nicht. Sehen alle so glücklich aus."

Magnabosco verlor sich wieder in seinen Gedanken. Die Anspannung, die dieser Fall in ihm hinterlassen hatte, wich nur langsam von ihm. Auf Carmelas Drängen hin hatte er sich schließlich zu einer Yogaeinheit überreden lassen, aber nur unter der Bedingung, danach keine Diät mehr halten zu müssen.

„Ist gut, Capo. Wichtig ist nur, dass es dir gut geht. Und dass du nicht die Leute auf die Elektroroller überfährst. Gibt nur Ärger", hatte Carmela eingewilligt.

Magnabosco hatte nicht gemerkt, dass es längst dunkel geworden war. Die Olivenbäume und Nadelbäume im Park des Hotels wurden in künstliches, warmes Licht getaucht. Ein Kellner verteilte kleine Lampen auf den Tischen, bald war das Bistro von glühenden Punkten übersät. Die Vögel hatten aufgehört zu singen, die Stimmen der Menschen wurden leiser. Von der Bar im Innenraum drang leise Jazzmusik. Eine Kellnerin fragte, ob sie noch etwas wünschten, doch Magnabosco und Carmela verneinten.

„Nur noch ein wenig sitzen und an nichts denken", bat Magnabosco sie.

„Natürlich, wir sind bis Mitternacht für Sie da", antwortete sie freundlich.

*

Genüsslich tauchte Magnabosco am nächsten Morgen sein Schokocroissant in den Milchschaum seines Cappuccinos. Auf seinem linken Arm balancierte er Edoardo, der seinen Ziehvater mit großen, neugierigen Augen bei seinem Frühstück beobachtete. Ein paar Spatzen suchten unter dem Tisch im Hotelbistro nach Krumen, zwitscherten kurz und zogen sich dann diskret wieder zurück. Magnabosco lächelte, Carmela hatte recht, hier im Hotel Mondschein waren alle friedlich, sogar die Vögel im Park.

Magnaboscos Blick fiel auf die Zeitung, die auf dem Nebentisch lag. Der leicht verschwommene Schnappschuss einer jungen Frau, Arm in Arm mit einem etwas kleineren Mann, war auf dem Titelblatt zu sehen. Im Hintergrund erkannte Magnabosco das Hotel Sagenwelt.

St. Pauls: Simona Pardeller ist frei – und will doch nicht zurück ins Elternhaus

Die 25-jährige Simona Pardeller aus St. Pauls a. d. Weinstraße wurde am vergangenen Mittwoch aus den Fängen ihres vermeintlichen Entführers befreit. Nun hat sie sich gegen die Krönung zur Weinkönigin und für ein neues Leben entschieden. Ihre Verlobung hat sie aufgelöst – und das aus gutem Grund.

„Ein furchtbarer Fall, mit dem Kommissar Filippo Magnabosco und seine Assistentin Carmela Pasqualina in den vergangenen Wochen beschäftigt waren", so der Polizeipräsident Markus Nothdurfter im Gespräch mit der *Eisacktaler Presse*. „Er hat uns alle schwer betroffen gemacht. Die Sorge um Simona, ob wir sie lebend wiederfinden würden. Der Mord an den jungen Männern, die nach ihr suchen wollten. Und schließlich die Erkenntnis, dass Simona ein Verhältnis mit einem Mann eingegangen war, der ihr leiblicher Vater ist, und beinahe ihren eigenen Halbbruder Hartwig Ploner geheiratet hätte, wenn dieser nicht von seiner Geliebten, nämlich der Schwester von Simona, entlarvt worden wäre. Den vermeintlichen Entführer, Ulrich Angerer, Hotelier in St. Zyprian, trifft keine Schuld: Erstens wusste er nichts von der Vaterschaft, zweitens ist Simona aus freien Stücken zu ihm gegangen."

Ulrich Angerer, 59 Jahre alt, lebte seit jeher in St. Zyprian bei Tiers und ist der Besitzer des Hotels Sagenwelt. Seine Leidenschaft galt nicht nur dem Hotelfach, sondern auch der Tiroler Sagenwelt – manchmal, verrät uns sein Angestellter Malverio Saggio, schien er fast wie König Laurin zu sein. Nun ist Angerer verschwunden. Nachdem Simona Pardeller aus seinem Hotel begleitet wurde, hat er sich nie wieder gezeigt. Es wird vermutet, dass er sich auf eine seiner Berghütten im Rosengartengebiet zurückgezogen hat.

Simona Pardeller hat sich nach dieser Erfahrung für einen neuen Lebensweg entschieden. Ihre Hochzeit mit Ploner, der für den Tod der drei jungen Männer verantwortlich ist, wurde aufgelöst. Ihr Studium der Weinwissenschaft hat sie abgebrochen. An der Krönung zur Weinkönigin hat sie kein Interesse mehr – vielmehr möchte sie nun ihrem Herzen und ihrer neuen Liebe folgen, schreibt sie in einem emotionalen Brief an ihre Eltern. Ein Brief, begleitet von einem Foto, das sie als Mitarbeiterin des Hotels Sagenwelt zeigt – Arm in Arm mit Alberto Conscio, der früher für Angerer gearbeitet hat.

Wie es mit Simona Pardeller nun wohl weitergeht? – Wir bleiben dran!

Ihr Andreas Schmalzl von der *Eisacktaler Presse*.

*

„Ommmmm ...", machte der Yogalehrer, nachdem er seine Beine zu einem Schneidersitz verknotet hatte. „Und jetzt gemeinsam ... Ommmmm ..." Die Stimme des schlanken, sportlichen Mannes hallte zwischen den

Wänden wider, Magnabosco spürte ihre Schwingungen und Vibrationen.

„Stell dir vor, du seist eine Biene, die von Blüte zu Blüte fliegt, und deine Beine sind deine Flügel. Lass Licht in dein Becken fließen. Lass dich treiben vom Wind, riech die frischen Almkräuter …"

Einen Augenblick befürchtete Magnabosco, laut loslachen zu müssen. Er sah sich eher als behäbige Hummel, die auf einer Wiese krabbelte und nach süßem Nektar suchte.

Der Yogalehrer sprach weiter und schaffte es tatsächlich, seine Gedanken auf eine Almwiese zu lenken. Magnabosco atmete ein, sein Körper füllte sich mit dem Duft nach Sandelholz, mit der frischen Luft, die durch das offene Fenster strömte, bis er sie wieder aus seinen Lungen fließen ließ. Vor seinem inneren Auge sah er sie noch einmal: Simona und Martha, die beiden ungleichen, wunderschönen Schwestern. Simonas lange, blonde Locken, Marthas blaue Augen und ihre weißen Zähne, ihrer beider bezauberndes Lächeln. Die traurige Elisabeth Pardeller, ihren verzweifelten Mann Dieter, den seltsamen König von Tiers, seine Diener. Die Toten im Wagen, Ploner, der den Mord gestand. Carmela, den kleinen Edoardo und Clara, die er heute noch anrufen würde.

„Lass alles los. Denke nicht. Du *musst* nicht mehr denken. Nimm deine linke Hand, lege sie auf das rechte Knie. Winkle das linke Knie hinter dir an … sehr gut. Und nun drehe dich nach rechts."

Das Knirschen in seinen Lendenwirbeln war so laut, dass der Yogalehrer besorgt zu Magnabosco herübersah.

„Ist alles in Ordnung bei dir?"

„Ja", lachte Magnabosco. „Auf dieses Geräusch habe ich seit vier Wochen gewartet, als ich mir beim Hanteltraining einen Wirbel verrenkt habe!"

Namasté!

Magnaboscos erster Fall

Streifenpolizist Filippo Magnabosco wird in die Bozner Mordkommission berufen. Er muss einen brutalen Frauenmord aufklären: Elfriede Tschurtschenthaler wurde vor ihrem Tod mit einer mittelalterlichen Zungenschere gefoltert! Während Magnabosco und seine Assistentin Carmela Pasqualina noch rätseln, verdächtigt Lokalreporter Schmalzl die mysteriöse Schriftstellerin Anne Marschall. Dem ersten Mord folgt ein zweiter ...

Simone Dark legt mit „Die Taten der Opfer" einen lesenswerten Kriminalroman vor, der von den besonderen Charakteren lebt und mit einem klaren, oft ironischen Sprachstil zu überzeugen weiß. Magnabosco und Pasqualina dürfen gerne in Serie gehen.
Thomas Gisbertz, krimi-couch.de

Simone Dark
Die Taten der Opfer
Ein Krimi aus Südtirol
ISBN: 978-88-7283-820-4
ISBN E-Book: 978-88-7283-824-2
224 Seiten
Euro 12,90 [I]; 14,90 [D/A]

www.raetia.com

SIMONE DARK

Von der Autorin der Erfolgsreihe **Der Bozen-Krimi**

EIN KRIMI AUS SÜDTIROL

DIE TATEN DER OPFER

RÆTIA

Simone Dark
Der Bozen-Krimi:
Verspieltes Glück
ISBN: 978-88-7283-808-2
ISBN E-Book: 978-88-7283-822-8
176 Seiten
Euro 12,90 [I]; 14,90 [D/A]

www.raetia.com

Simone Dark
**Der Bozen-Krimi:
Vergeltung**
ISBN: 978-88-7283-809-9
ISBN E-Book: 978-88-7283-844-0
176 Seiten
Euro 12,90

Simone Dark

Geboren 1982, aufgewachsen in Breisach am Rhein. Nach ihrem Studium in der Nähe von Mainz zog es sie nach Südtirol, wo sie bis heute lebt. Sie ist Autorin des Thrillers „Kaltes Weiß" (2019).
Bei Edition Raetia veröffentlichte sie 2022 bereits „Die Taten der Opfer", den ersten Krimi rund um Filippo Magnabosco, sowie die beiden Bozen-Krimis „Verspieltes Glück" und „Vergeltung".

www.simonedark.de